QUER VERLAG

Ganz was anderes!

Geschichten

von

Baby Neumann

Erste Auflage März 1996

Umschlag und grafische Realisierung von Sergio Vitale
unter Verwendung einer Fotografie von Frau Neumann
Gesamtherstellung: Clausen & Bosse
ISBN 3-89656-004-2
Printed in Germany

Bitte fordern Sie unser Gesamtverzeichnis an:
Querverlag, Akazienstraße 25, D-10823 Berlin

Für Lotte, Dieter, Christian, Niklas,
Wayne, Rolf, Katja, Thomas und Ulf.

Ach, ich liebe Widmungen!
Die besten (und längsten) haben immer
schwarze Soul-Diven auf ihren CD-Hüllen.
Wenn ihnen niemand mehr einfällt, danken sie
meistens auch noch Gott für ihre Stimme.

Ich danke Jim Baker und Andreas Maydorn
(nicht für meine Stimme),
meinen treuen Lesern und Barbra Streisand.
(Wenn sie das liest, lädt sie mich hoffentlich zum Tee ein …)

Inhalt

Unrühmlicher Anfang

Hach, das zweite Buch! Ich bin ja so stolz. Darf man doch mal ganz offen sagen, oder?

Obwohl ich eigentlich ein wenig enttäuscht war von meinem Debüt als Autor. Nach dem Erscheinen von *Das erste Mal* saß ich zu Hause und wartete darauf, berühmt zu werden. Jeden Montag studierte ich die *Spiegel*-Bestsellerliste und fand immer nur die üblichen Verdächtigen: Eco, Walser, Pilcher, Süßkind. Keine Spur von Baby Neumann. Und Steven Spielberg rief auch nicht an, um mir zwanzig Millionen für die Filmrechte zu bieten. Dabei wußte ich schon genau, wer mich spielen sollte: Brad Pitt natürlich. Es kam auch kein Telegramm aus Bayreuth mit der Bitte, meine Texte zum Opernlibretto umzuschreiben – als Vehikel für Peter Hofman.

Immer, wenn ich meinem besten Freund Karl von meinen Erfolgsphantasien erzählte, tippte er sich gelangweilt an die Stirn.

Aber dann geschah es: Der Ruhm klopfte bei mir an. Oder besser: Er rief an. Ein Assistent von einem Assistenten einer Talkshow-Gastgeberin fragte, ob ich in ihrer Sendung auftreten würde. Ich hielt die Hand über die Muschel und zischte Karl, der gerade auf meinem Sofa in der *Bravo-Girl* die Leser-Gedichte studierte, zu:

„Es ist das Fernsehen!"

„Welcher Sender? RTL? Will Dirk Bach vielleicht Baby Neumann spielen?"

„Frechheit!" sagte ich und zog unwillkürlich den Bauch ein. „Natürlich bin ich für eine Talkshow zu haben", säuselte ich in den Hörer.

„Und Sie würden ganz offen über Ihre Geschlechtsumwandlungs-Operation sprechen?" wollte die Stimme am anderen Ende der Leitung wissen.

Ich griff prüfend zwischen meine Beine: „Äh ... was für eine Operation?"

Karl wurde hellhörig: „Wollen sie dich live operieren? Im *Gesundheitsmagazin Praxis?*"

Ich schüttelte heftig den Kopf.

„Zuzutrauen wär's dem Fernsehen", brummte Karl. „Und dir auch. Du würdest doch alles tun, um berühmt zu werden."

„Ich glaube, Sie verwechseln mich", sagte ich ins Telefon.

Es raschelte. „Warten Sie – sind Sie nicht der Autor von *Mein Schnitt ins neue Leben?* Dann habe ich meine Unterlagen durcheinander gebracht."

Noch mehr Rascheln. Dann: „Jetzt hab ich's. Sie sind der FDP-Abgeordnete, der heimlich als S/M-Callboy arbeitet."

„N-n-nein ..."

„Ja, das ist doch – *raschel, raschel* – nicht zu fassen. Ah, hier! Sie wollen sich also ein Embryo in die Bauchhöhle einpflanzen lassen, Herr ..."

„Nein!" unterbrach ich. „Ich habe ein Buch über den schwulen Alltag geschrieben!"

Schweigen. Rascheln. „Natürlich! Herr Neumann! Das tut mir leid, ich verstehe gar nicht, daß Sie noch auf meiner Liste stehen. Wir hatten mal angedacht, Sie einzuladen, aber das Thema „schwuler Humor" erschien uns dann doch als ein zu heißes Eisen. Lachen über eine Minderheit und so ... Politisch nicht ganz korrekt, Sie verstehen. Kennen Sie vielleicht zufällig einen rechtsradikalen Terroristen mit Intimpiercing? Für unsere nächste Sendung?"

Ich knallte den Hörer auf die Gabel und fing an zu fluchen. Karl kicherte und verabschiedete sich. Meine *Bravo-Girl* nahm er einfach mit, der Schuft.

Also bin ich nicht berühmt geworden, was ich sehr bedauere, denn eigentlich wollte ich meinen treuen Lesern in diesem Buch ein wenig Glamour bieten. Berichte aus erster Hand, wie ich vor der Nobelpreis-Verleihung zitterte, Madonnas Heiratsantrag ablehnte, auf den Seychellen von Herb Ritts fotografiert wurde, bei Charles und Camilla Parker-Bowles Tee trank, mit Hannelore Kohl zum Shopping ging und so weiter. Statt dessen gibt es nun wieder Alltags-Histörchen von einem ganz gewöhnlichen Schwulen und seinen besten Freunden Karl und Lola.

Letztere, eine wasserstoffblonde Postfeministin mit Hang zu divenhaften Auftritten, kenne ich schon aus der Schule. Lola hat stets wunderbare Ideen. Jedenfalls findet sie das wunderbar, wenn sie mich zum Strip-Poker mit Mormonen-Missionaren überredet oder zum Besuch einer Hetero-Party, auf die wir nicht eingeladen sind.

Karl, der sich selbst als „Schwulette de luxe" bezeichnet, traf ich kurz nach meinem Umzug aus der westfälischen Provinz in die Großstadt. Er ist mein engster Vertrauter, und ich kann ihm Dinge erzählen, die ich in der

Gegenwart meines Lebensabschnittsbegleiters Rick nicht mal zu denken wage.

Rick heißt eigentlich Richard, ist meine erste große Liebe, und ich habe mit ihm das, was man eine „Beziehung“ nennt. Schwule Beziehungen definieren sich ja nicht als „wir“, sondern als „du und ich“, wie schon der Titel einer alteingesessenen Zielgruppenzeitschrift deutlich macht. Rick und ich besitzen also keine Einbauküche mit Durchreiche und verbringen unsere Abende nicht harmonisch vor dem Fernseher, bis daß der Tod uns scheidet. Wir sind nicht einmal zusammengezogen – zum Ärger meiner überemanzipierten und schwulenbewegten Mutti, die uns am liebsten zum Heiraten nach Holland geschickt hätte, ganz in weiß und mit dem Segen von Linda de Mol.

Ich begebe mich immer noch auf Expeditionen durch die Homo-Szene, mal mit, mal ohne Rick. Aber immer mit ganz weit offenen Augen und Ohren. Davon, und natürlich von unserer nicht immer ganz so trauten Zweisamkeit handeln die folgenden Geschich...

Moment mal, das Telefon klingelt. Ich hebe ab.

„Hallo? Wer? Bernd Eichinger? Der Filmproduzent? Aber natürlich stimme ich einer Verfilmung meines Buches zu. Mit Til Schweiger in der Hauptrolle? Wunderbar! Öh ... Kann ich Til dann auch mal privat kennenlernen? Was gibt's denn da zu lachen? Hallo, hallo? WAS? Also ehrlich, Karl, das ist gar nicht komisch!“

Boulevard der Dämmerung

Meine graue Geburtsstadt im scheußlichsten Teil Westfalens konnte – das war mir schon in frühester Jugend klar – nicht meine Heimat sein. Ich war bei der Geburt vertauscht worden. Eine amerikanische Filmschauspielerin – vielleicht auch eine römische Contessa – hatte mich auf der Durchreise geboren, und dann wurde ich von einer senilen Krankenhaus-Hebamme mit dem Kind verwechselt, das meine langweiligen „Eltern" gezeugt hatten. Dieses Balg lebte jetzt unverdientermaßen zwischen Yachten und Palazzi in den Metropolen der Welt, während ich im Ruhrpott dahindümpelte.

So und nicht anders muß es gewesen sein.

Als ich im Alter von fünf Jahren meiner Mutter diese Theorie auseinandersetzte, erlitt die Arme einen mittelschweren Weinkrampf, den ich dadurch zu lindern versuchte, daß ich ihr vorschlug, mich zur Adoption freizugeben – vielleicht würde sich ein mediterranes Fürstenhaus oder eine kosmopolitische Künstlerfamilie für mich interessieren. Kein guter Vorschlag – Mutti heulte einige Dezibel lauter.

Ich sprach das Thema nie wieder an.

Ein paar Jahre später entdeckte ich endlich meine wahre Heimat. Ich fand sie im Fernsehen – nein, nicht in tristen deutschen TV-Produktionen, sondern in alten amerikanischen Spielfilmen, die ich mir mit Begeisterung ansah.

Da gehörte ich hin: nach Hollywood, diesem mystischen Ort, wo alle Menschen schön und gut frisiert sind (bis auf die Bösen, die man praktischerweise immer gleich erkennt), wo die Sonne scheint, wenn man liebt, und es regnet, wenn man traurig ist, wo die Farben (Eastmancolor, Technicolor, Truecolor) bunter und die Gefühle größer sind, wo an jeder Ecke das Abenteuer lauert, wo keiner Pickel hat, nie jemand aufs Klo geht und wo immer alles gut endet.

In der Schule konnte mich keiner leiden, aber das war mir gleich – ich floh nach Hause, nach Hollywood. Dort ist man nie einsam, das lernte ich von Gloria Swanson in *Sunset Boulevard.* Selbst wenn man gerade verzweifelt und ungeliebt durch ein leeres Haus schleicht – verwirrt, zerstört, am Ende –, ist man dennoch nicht allein. Denn irgendwo sind immer die „wundervollen Menschen da draußen im Dunkeln", das Publikum, das durch bloßes Zusehen Verzweiflung dekorativ macht und herzzerreißende Einsamkeit zur Performance. Wenn man die Blicke aus dem Dunkel auf sich spürt, ist alles leichter zu ertragen.

Es gab keinen alten Film, den ich verpaßte. Neuere Hollywood-Produktionen interessieren mich nicht, die hatten ein zu hohes Maß an Realismus. Von der Wirklichkeit hatte ich selbst genug: neurotische Lehrer, sadistische Mitschüler, gestreßte Eltern. Aber seit ich in Hollywood zu Hause war, störte mich das alles kaum mehr.

Jeder Tag wurde zum Film. Und was für klassische, sensationelle Szenen ich spielte! Eine Fünf in Mathematik – na und? Ich verbrannte die Arbeit auf dem Pausenhof. („Du willst mich also nicht mehr, Jimmy? Dann sieh zu, wie ich deinen verlogenen Liebesbrief verbrenne!“ – „Oh nein, Liebling, es war doch alles nur ein Mißverständnis!“ – „Zu spät, Jimmy, zu spät.“)

Das verhaßte Fußballspielen im Sportunterricht – kein Problem! („Retten Sie sich, Sire, der Mob stürmt die Bastille!“ – „Gütiger Gott, sie kommen näher! Schnell, meine Perücke, wir müssen nach Varennes!“)

Schlägertypen aus den höheren Klassen – kein Grund zur Panik. („Was soll das heißen, die Nazis sind hinter uns her, Tarzan?“ – „Es ist wahr, Jane, sie sind in Flugzeugen gekommen!“)

Von meinem Vater verhängter Hausarrest – was soll's? („Diese Wand scheint hohl zu sein. Ich muß weiter graben – und nach meiner Flucht werde ich mich an meinen Kerkermeistern gar fürchterlich rächen!“)

Die Tanzschule, in der mich kein Mädchen zum Partner wollte – mir egal. („Du darfst nicht tanzen, Scarlett, du bist noch in Trauer!“)

Apropos Mädchen: Das Getue, das die Jungs mit einem Mal um sie machten, war mir schleierhaft. Dauernd versuchten sie, ihnen an die knospenden Brüste zu fassen oder ihnen die Zunge in den Mund zu stecken. So was Fieses gab es in Hollywood nicht. Da legte man nur die Lippen aufeinander, und dann wurde ausgeblendet. Liebe war eine wunderbare Macht, um die man litt und die unerfüllt am schönsten blieb.

Da mich Mädchen nicht interessierten und Jungen unerreichbar schienen, begann ich, mich mit den Hollywood-Heldinnen zu identifizieren, die den Mann ihrer Träume nicht bekommen konnten. Diese Frauen wurden zu meinen Leidensgenossinnen. Meine erste Liebe – zu einem schönen Knaben aus der Parallelklasse – war voller Verzicht und stillem Leid wie die tragischen Leidenschaften zwischen William Holden und Jennifer Jones (*Love Is a Many Splendored Thing*) oder Cary Grant und Deborah Kerr (*An Affair To Remember*). War das nicht ungleich edler als das pubertär-schwitzige Gegrabsche meiner Mitschüler?

Je intensiver ich mich mit meiner Wahlheimat Hollywood beschäftigte, desto mehr lernte ich über diesen magischen Vorort der Stadt der Engel. Hinter all den Filmen verbarg sich eine zweite Realität, nicht weniger spannend und glamourös: der geographische Ort Hollywood in Kalifornien. Dort lebten, liebten und litten sie tatsächlich, die Stars, und oft war ihr Leben spannender als ihre Filme. Oh, wie wurde Bette Davis in der Liebe enttäuscht, wie tragisch waren Montgomery Clifts Autounfall, Marilyn Monroes Tablettensucht, Joan Crawfords Putzwahn und Ramon Novarros bizarrer Tod. Wie aufregend die Schlachten und Versöhnungen zwischen Filmpaaren wie Richard Burton und Elizabeth Taylor, die Drogenskandale, die grandiosen Oscar-Zeremonien!

Ich las alles über Hollywood, was ich in die Finger bekam. Beverly Hills, Hollywood Bowl, Grauman's Chinese Theatre, Schwab's Drugstore wurden die Koordinaten meiner geistigen Heimat, die jetzt nicht mehr nur auf Zelluloid bestand. Ich könnte hinfahren, die gleichen Straßen beschreiten wie Lana Turner und Burt Lancaster und die Studios besichtigen, in denen man die Filme gedreht hatte, die mein Zuhause waren.

Jahrelang sparte ich für die Reise nach Los Angeles, unternahm sie aber nie, denn inzwischen hatte mein Leben endlich begonnen, interessant zu werden. Ich studierte in einer Großstadt, entdeckte die schwule Subkultur, hatte Freunde und Liebhaber. In meinem mythischen Hollywood, das ich nostalgisch als die alte Heimat empfand, war ich nur noch selten. Es gab jetzt mehr als Filme. Nur manchmal, wenn ich deprimiert war, sah ich mir nächtelang alte Melodramen an oder verwandelte mich in Barbra Streisand und gab ein emotional aufgeladenes Konzert in meinem Badezimmer (das für kurze Zeit zum L.A.-Forum wurde) oder spielte in der Küche (Tara) dramatische Szenen aus *Vom Winde verweht* nach. Dann waren sie wieder da, die tröstenden Augen aus dem Dunkel. (Was hat Traurigkeit für einen Sinn, wenn nicht ein Publikum da ist, das mitleidet und meine ausdrucksstarke Trauer zu schätzen weiß?) Ach ja, und das Putzen fiel mir auch leichter, wenn ich mir dabei vorstellte, ich sei Joan Crawford, die ihre Villa schrubbt …

Und dann machte ich einen großen Fehler. Ich erzählte meinem alten Freund Karl, der mit beiden Beinen fest im Leben steht und für Hirngespinste nicht das Geringste übrig hat, von meiner alten Heimat. Karl sah mich mit großen Augen an, zog nachdenklich an seiner Menthol-Zigarette und sagte: „Baby, ist dir eigentlich klar, wie haarscharf du an einem Leben in der Anstalt vorbeigeschlittert bist? Diese Flucht in eine Traumwelt ist doch neurotisch! Wir müssen dich kurieren, und ich weiß auch schon, wie."

Karls Plan war es, tatsächlich nach Hollywood zu fliegen und dort all die Illusionen, die ich über diesen Ort hatte, abzuschütteln. Ich erklärte mich einverstanden, nicht etwa, weil ich „geheilt" werden wollte, sondern um endlich meine Heimat zu sehen, in der ich mich in letzter Zeit so selten aufgehalten hatte.

Wir kratzten unser Erspartes zusammen und stiegen ins Flugzeug. „Ich unternehme diese Reise nicht völlig uneigennützig, mein Lieber", erklärte mir Karl, „auch ich habe eine gewisse Fixierung auf Hollywood. Allerdings bin ich von anderen Filmen geprägt als du – Meisterwerken wie *The Young and the Hung*, *Malibu Surfers* oder *Hollywood Hunks*. Und ich hoffe doch sehr, in Los Angeles einige der Darsteller kennenzulernen, deren großes … äh ... Talent ich in diesen Filmen bewundert habe."

Am Flughafen von L.A. mieteten wir einen Wagen und fuhren los. Aber wohin? Wir hatten keine Ahnung. Achtspurige Straßen, vollgestopft mit Autos, in der Ferne die riesigen Buchstaben HOLLYWOOD in den Hügeln. Wir hielten einfach darauf zu. „Schließlich steht dort ‚Hollywood', also muß es auch da sein", argumentierte ich streng logisch.

Unterwegs kamen wir an den Universal-Studios vorbei und entschlossen uns zu einer spontanen Besichtigung. Mit Touristenhorden wurden wir an den Kulissen von *Psycho*, dem *Weißen Hai* und *King Kong* vorbeigeführt. Ein langweiliger Vergnügungspark. Wo war der Glanz, die Magie? Wo waren die Komparsen, die in historischen Kostümen vor Häusern ohne Rückenfront Kaffee tranken? Wo die Regisseure in Reithosen? Die Blondinen im Paillettenkleid, die auf klappernden Stöckeln zu Probeaufnahmen eilten? Hier jedenfalls nicht.

„Wenn es einen Eingang zur alten Heimat gibt, dann ist es das Prunk-Tor zu den Paramount-Studios, durch das schon Valentino in seiner Limousine zur Arbeit gefahren wurde", erklärte ich.

Wir kurvten in unserem Mietauto durch heruntergekommene Viertel und landeten schließlich vor den Paramount-Studios, aber das alte Tor war nicht mehr da. Ich stieg aus und erklärte dem schwarzen Pförtner, was ich suchte. Er sah mich mitleidig an und meinte: „Das berühmte Paramount-Tor? Das ist jetzt der Hintereingang. Wird aber kaum mehr benutzt."

Wir fuhren um das Gelände herum und tatsächlich, da stand das ausrangierte Prunk-Tor, mit einer Kette verschlossen und viel kleiner, als ich es mir vorgestellt hatte. Rechts und links davon profane Drahtgitterzäune, dahinter häßliche Hallen und Büro-Baracken.

„Egal", sagte ich. „Mach ein Foto, Karl." Ich postierte mich unter dem Paramount-Schriftzug und lächelte ein Hollywood-Lächeln.

„Verdammt", schimpfte Karl, „wir haben keinen Film in der Kamera."

Inzwischen begann es zu dämmern. Wir fuhren den Sunset Boulevard entlang, vorbei an Huren und Obdachlosen, die über die im Trottoir eingelassenen Sterne schlurften. Ich begann, depressiv zu werden. Ich sehnte mich nach Hollywood, nicht nach diesem tristen, realen Ort, sondern nach der fiktiven Stadt, die so oft meine Zuflucht gewesen war.

Wir mieteten ein Zimmer in einem billigen Motel. Der Rezeptionist saß hinter Panzerglas. Wir mußten ihm das Geld für die Nacht durch einen Schlitz schieben, dann gab er den Schlüssel heraus. Das Zimmer war inklusive Fernsehen und Kakerlaken.

Karl ließen alle Scheußlichkeiten kalt: „Ich nehme jetzt ein Taxi nach West Hollywood. Da sind die ganzen schwulen Läden, in denen sich die kalifornischen Surfboys tummeln. Drück mir die Daumen, Baby, vielleicht lerne ich den einen oder anderen Pornostar kennen. Im Gegensatz zu deinen Katharine Hepburns und Richard Widmarks haben die einen großen Vorteil: *What you see is what you get*, wie man hier sagt. Die spielen keine Rollen, sondern halten einfach nur ihren Körper hin zum Abfilmen. Die Pornojungs sind in echt genauso geil wie im Film. Und Greta Garbo ist eben nicht die Kameliendame."

Mit einem vorfreudigen Glitzern in den Augen schwang sich Karl in ein Taxi.

Ich zählte desillusioniert die Kakerlaken an der Wand und erwog, einer alten Tradition zu folgen und mich vom HOLLYWOOD-Schild zu stürzen.

Statt dessen schaltete ich den Fernseher an. Es lief *Red River* mit John Wayne und Montgomery Clift. Das war zuviel für mich. Ich verließ das Motel, um im nächstbesten Supermarkt eine Flasche Wodka zu kaufen und einer anderen alten Hollywoodtradition, dem Alkoholismus, zu huldigen. Ich wollte besoffen auf dem Motelbett stehen, Evergreens singen und wie Judy Garland meine Schuhe ins (aus Kakerlaken bestehende) Publikum werfen.

In einer Seitenstraße des Hollywood Boulevard fand ich einen Supermarkt. Als ich versonnen vor dem Regal stand und überlegte, welche Sorte Wodka ich nehmen sollte, schob mir jemand ziemlich wuchtig seinen Einkaufswagen in den Rücken: „*Excuse me.*" Ich drehte mich um, lächelte verzeihend und erkannte die Frau mit dem Einkaufswagen als Barbra Streisand.

„Habe ich Ihnen weh getan?" fragte sie. „Das ist mir so peinlich. Sie sehen irgendwie traurig aus. Warum kommen Sie nicht mit zum Abendessen? Ich habe Montgomery Clift und John Wayne eingeladen. Es gibt *gefilte fish.*"

Ich erwachte auf meinem Motelbett, scheuchte eine Kakerlake von meinem Bauch, den Barbra-Traum aus dem Kopf und beschloß, mich jetzt tatsächlich betrinken zu gehen. Ich spazierte durch schlecht beleuchtete Straßen voller ramponierter Telefonzellen, graffitibedeckter Häuserfronten und auf Pappe schnarchender Obdachloser in Richtung Grauman's Chinese Theatre. Zweimal sprachen mich Nutten an, die ganz anders aussahen als Julia Roberts in *Pretty Woman*. Ein Rastafari versuchte mir zuerst Gras zu verkaufen und dann Heroin.

Ich setzte mich in eine Billardkneipe, trank ein paar Bier und ging wieder ins Motel. Im Fernsehen lief *Blonde Venus*. Marlene Dietrich strich durch häßliche Straßen, eine Ausgestoßene, aber tapfer und stolz. All der Schmutz konnte ihr nichts anhaben.

Ach, Hollywood. Die Kakerlaken sangen mich in den Schlaf.

Karl kam erst mittags zurück. Er sah aus wie ein kleiner Junge, der gerade drei Tafeln Schokolade gegessen hat.

„Baby, ich kann dir sagen, hier werden Träume wahr. Du glaubst nicht, wie die Typen hier aussehen! Und wo die überall Muskeln haben! Ein deutscher Akzent macht sie übrigens ganz scharf. Meine Güte, was für eine Nacht! Laß uns hierher ziehen. Oder wenigstens heute nacht wieder in West Hollywood ausgehen."

Ich war genervt: „Du verstehst mich nicht, Karlchen. Für mich ist Hollywood kein Porno-Paradies, sondern ein Zuhause, eine Welt, in die ich mich immer zurückziehen konnte, wenn in der Wirklichkeit nicht alles so klappte, wie ich es wollte. Und diese Welt bricht mir hier in Stücke."

Karl triumphierte: „Siehst du, ich wußte ja, daß ich dich von deinen nostalgisch-romantischen Hirngespinsten kurieren würde."

„Aber ich will nicht kuriert werden!"

„Was willst du denn?"

„Ich will mein gutes altes Hollywood!"

„Das gibt es nicht! Das existiert nur im Kino!" schrie Karl.

Natürlich, das war die Lösung!

Den Rest unseres Aufenthaltes in Los Angeles verbrachte ich damit, Programmkinos aufzuspüren, die alte Filme zeigten. Und während Karl Abend für Abend in West Hollywood nachspielte, was er seit Jahren in Pornofilmen bewundert hatte, saß ich in heruntergekommenen Filmpalästen auf zerschlissenen Plüschsitzen und traf all die vertrauten Gesichter aus meiner alten Heimat.

Sie freuten sich über meinen Besuch, auch wenn sie mich nicht sehen konnten. Trotzdem wußten Sie, daß ich da war, einer der „wundervollen Menschen da draußen im Dunkeln".

„Willkommen zu Hause", flüsterten sie.

Hallelujah!

Meine Freundin Lola und ich saßen nachmittags auf ihrem Wohnzimmerteppich (gelber Flokati, original antik von 1973) und spielten. Schnipp-Schnapp: Jeder hat ein Kartenspiel vor sich, gleichzeitig deckt man eine Karte auf. Sind die Karten verschieden, sagt man „Schnipp" und macht weiter, sind sie identisch, bekommt der Spieler, der zuerst „Schnapp" ruft, einen Punkt. Ein beliebter Zeitvertreib in Altersheimen und bei Leuten wie uns, die beim Kartenspielen soviel reden, daß sie sich unmöglich auf komplizierte Regeln konzentrieren können.

„Ich werde morgen in die katholische Kirche eintreten, schnipp", sagte Lola.

„Ich dachte, du wärst gerade ausgetreten, weil du dem Papst nicht länger seine Juwelen finanzieren willst, schnipp."

„Schon, aber meine Schwester Karin möchte, daß ich die Taufpatin ihres Sohnes werde, und dazu muß ich Kirchenmitglied sein. Danach trete ich natürlich sofort wieder aus. Bin ich verlogen, inkonsequent und heuchlerisch, schnipp?"

Lola legte die Karten hin und sah mich ernsthaft an.

„Ah, das leidige Thema Religion!“ stöhnte ich. „Lola-Schatz, du weißt, ich verehre unseren Herrn Jesus nicht minder als sein Lieblingsjünger Johannes, vor allem, wenn er nackt und muskulös am Kreuz hängt. Aber die Kirche – ts, ts, ts. Mit siebzehn unternahm ich eine Pilgerfahrt nach Rom. Doch was mußte ich dort erleben! Morgens stand ich auf dem Petersplatz, umringt von Gläubigen und schlecht desodorierten Nonnen aus aller Welt, die *„il papa!“* kreischten und hysterisch weinten, sobald das Papamobil sich ihnen näherte. Nachmittags besichtigte ich dann den Circus Maximus, vor dem glutäugige römische Stricher ihrem Gewerbe nachgingen. Als die Schatten länger wurden, rollte zu meinem Erstaunen so manche vatikanische Limousine im Schrittempo vorbei ...“

Ich bekeuzigte mich, und Lola fragte: „War das die Romreise, auf der du im Garten der Villa Borghese deine Unschuld verloren hast?“

„Genau. Als ich wieder zu Hause war, ging ich natürlich wie ein guter katholischer Junge zur Beichte.

‚Bereust du deine Sünde, mein Sohn?‘ fragte der Priester.

‚Äh, es war eigentlich wunderschön, Vater‘, sagte ich.

‚Würdest du es wieder tun?‘ wollte er wissen.

Wie meinte der das jetzt? Mit ihm oder wie? War das ein unzüchtiger Antrag?

Ich sagte: ‚Na, wenn mir einer gefällt‘, und versuchte durch das Gitterfenster die Attraktivität meines Beichtvaters abzuschätzen. ‚Haben Sie blaue Augen?‘ fragte ich.

Der Priester stöhnte genervt. ‚Du mußt der Sünde abschwören!‘ forderte er hochdramatisch. ‚Homosexualität ist eine eitrige Pestbeule am Körper unseres Herrn!‘

Ich konnte ein gackerndes Lachen nicht unterdrücken, hustete: ‚Verzeihung, Vater', wankte kichernd aus dem Beichtstuhl, flüsterte einer wartenden Rentnerin zu: ‚Vorsicht, ich bin eine Pestbeule', und trat aus der Kirche aus, sobald ich volljährig wurde."

Lola mischte die Karten und erzählte: „Na, dann werden wir uns wohl in der Hölle treffen. Ich hatte nämlich mal eine Affäre mit einem katholischen Priester."

„Wirklich?" fragte ich. „Sah er aus wie Richard Chamberlain in *Die Dornenvögel?"*

„Eher wie Heinz Rühmann als Pater Brown", seufzte Lola. „Ich traf ihn im Kaufhaus; er erstand schwarze Strümpfe und ich einen schwarzen BH. An der Kasse verwechselten wir unsere Tüten. Kurz darauf spürte ich eine sanfte Hand auf meiner Schulter, drehte mich um und da stand er, hochrot im Gesicht, den Büstenhalter in der Hand. ‚Ich glaube, der gehört Ihnen', sagte er. Ich sah seinen Priesterkragen an, schluckte und antwortete: ‚Na, an Ihnen würde er jedenfalls sehr seltsam aussehen.' Wie sich herausstellte, stand ihm der BH ganz gut, als wir es ein paar Tage später in der Sakristei trieben, ich in einem Meßdienergewand, er in meiner Unterwäsche."

„Das denkst du dir aus!" rief ich entrüstet.

„Aber nein, Baby, wir hatten wirklich ein Verhältnis – jedenfalls, bis das schlechte Gewissen ihn einholte, er seinem Bischof alles beichtete und versetzt wurde."

„Weißt du, was aus ihm geworden ist?" fragte ich.

„Er ist jetzt Missionar in Bangkok und tritt in seiner Freizeit als Travestie-Tänzer auf. Kürzlich hat er ein Angebot bekommen, die Titelrolle in einer thailändischen Porno-Version von *Charlies Tante* zu spielen und überlegt ernsthaft, ob er die Soutane an den Nagel hängen soll."

„Lola!" schrie ich. „Das hast du aber wirklich erfunden!"

„Stimmt", kicherte sie und teilte die Karten aus.

„Man sollte zum Buddhismus übertreten," überlegte ich. „Das ist gerade todschick. Tina Turner, Richard Gere, Sharon Stone – alles Buddhisten, schnipp."

„Als Buddist wird man wiedergeboren, Baby, und bei meinem Glück komme ich bestimmt als Qualle zurück. Aber wie wäre es denn mit dem Judentum? Wie Karl immer sagt: Es gibt sowieso keinen Gott, nur Barbra Streisand, schnipp."

„Für dich kein Problem, Lola, aber ich müßte mich beschneiden lassen, schnipp."

„Schnipp, in der Tat!" kreischte Lola, und wir fielen uns prustend in die Arme.

„Darauf einen Pernod", meinte Lola und verschwand in der Küche. Es klingelte an der Tür. Da Lola mit den Drinks beschäftigt war, öffnete ich. Draußen standen zwei große, gutaussehende Männer in blauen Polyesteranzügen, mit dezenten Krawatten und streng gescheiteltem Haar. Einer von ihnen trug eine Brille wie Superman, wenn er sich als Clark Kent verkleidet, und hatte auch dessen Figur. Der andere war etwas kleiner, drahtiger und hatte ein sehr jungenhaftes Gesicht.

„Wer ist es denn?" rief Lola aus der Küche.

„Superman und Superboy!" rief ich zurück.

„Endlich! Darauf warte ich seit Jahren", juchzte Lola. „Sie sollen reinkommen und ihre albernen Kostüme ausziehen, und dann möchte ich mit ihnen *fliegen!*"

Mit einem großen Glas Pernod in jeder Hand kam sie aus der Küche, starrte die Anzugträger im Türrahmen an und flüsterte: „Ach, die sind ja in Zivil." Dann gab sie mir mein Glas, nahm den größeren der Beiden an der Hand und zog ihn über die Schwelle: „Nur rein mit dir, Clark."

„Ich heiße Ben", sagte er mit starkem amerikanischen Akzent. „Sehr gütig von Sie, zu empfangen uns. Dieses ist meine Freund Tim. Wir eintreten sehr gerne."

Lola schürzte die Lippen: „Zeugen Jehovas."

„Oh, nicht das, meine Dame", widersprach Ben. „Wir sind Mormonen-Missionare aus der fernen Salzsee-Stadt in Utah, Amerika."

„Au fein!" quietschte Lola. „Soviel ich weiß, betreiben die Mormonen Vielweiberei. Die Männer müssen also eine phänomenale Ausdauer haben. Nicht umsonst reimt sich Mormone auf Hormone. Auch einen Pernod für euch, Jungs?"

„Nein danke, meine Dame", lehnte Ben freundlich ab. „Und darf ich erklären bitte: Polygamie es gibt schon lange nicht mehr bei uns."

Lola führte ihre Gäste ins Wohnzimmer und bot ihnen einen Platz auf dem Flokati an. Die Teppichhaare knisterten und richteten sich auf, als sie mit den Polyesteranzügen in Berührung kamen. Elektrisierte Staubteilchen sprangen die Mormonen an.

„Kusch!" schimpfte Lola und schlug auf ihren Teppich ein. Sie lächelte Ben entschuldigend an: „Ich dachte, das Ding sei schon seit Jahren tot. Eine Zigarette?"

„Wir rauchen nicht, meine Dame."

Lola drückte ihm eine brennende Gauloise und ihr Glas in die Hand: „Wollen Sie meine Gastfreundschaft beleidigen, Ben?"

„Nein, meine Dame", murmelte Ben.

„Na dann, Prost", sagte ich und stieß mit ihm an.

Während Ben schluckte und hustete, verschwand Lola noch mal in der Küche und kam mit der Pernodflasche unter dem Arm und Drinks für sich und Tim zurück. Er nahm sein Glas lächelnd entgegen und kippte sofort einen großen Schluck, was ihm kritische Blicke von Ben eintrug.

„Wir sind hier, um Sie zu helfen finden das Gluck, das liegt in die Liebe des Herrn", begann Ben. „Sind Sie ehrlich glucklich?"

„Noch nicht, aber fragen Sie nach drei Gläsern noch mal“, sagte Lola.

„Alkohol kann Sie nicht machen glucklich, aber wir konnen“, predigte Ben.

„Davon bin ich überzeugt“, sagte Lola, ließ ihren Rocksaum zehn Zentimeter hochrutschen und goß sich nach. Tim streckte ihr wortlos sein leeres Glas entgegen, das Lola großzügig füllte. Ben blickte mißbilligend und fuhr fort: „Meine Dame, mein Herr, ich will Sie erzählen von das Buch Mormon, das der Grunder unseres Glaubens bekommen hat von ein Engel und in das liegt die Wahrheit.“

„Darling, es ist zwecklos,“ unterbrach ihn Lola. „Ich habe mich gerade heute entschlossen, in den Schoß der katholischen Mutter Kirche zurückzukehren.“ Sie drehte sich zu mir und flüsterte: „Jedenfalls für 24 Stunden.“

Tim deutete fragend auf meine Zigarettenschachtel, ich nickte einladend und er bediente sich mit einem reizenden Dankeslächeln.

Ich zeigte auf die Karten und fragte: „Könnt ihr Schnipp-Schnapp?“

Ben wehrte entrüstet ab: „Der Herr mag kein Glucksspiel!“

Tim räusperte sich und gab leise zu: „Ich kann spielen Poker.“

Wütend sprang Ben auf und donnerte: „Ich bin enttäuscht mit dir, Tim! Trinken, Rauchen und Glucksspiel! Dieses ist ein Ort Satans, es scheint. Du bist nicht gewachsen den Versuchungen. Wir mussen gehen sofort.“

„Ich habe eine bessere Idee“, sagte Lola und zog ihn wieder auf den knisternden Teppich herunter. „Laßt uns pokern. Wenn ihr gewinnt, werden wir Mormonen!“

Tim strahlte mich an, griff nach den Karten und begann sie unter Bens ungläubigen Blicken professionell zu mischen wie Mel Gibson in *Maverick.*

„*Well,* das ist allerdings ganz was anderes. Mit der Hilfe des Herrn wir werden siegen", meinte Ben. „Und bringen zwei verlorene Seelen auf den rechten Pfad."

Lola füllte sein Glas mit Pernod auf, tätschelte seine Polyester-Schulter, daß die Funken stoben, und sagte: „Wenn ihr verliert, spielen wir weiter – und zwar Strip-Poker."

Im Verlauf der nächsten Stunden stellte sich heraus, daß Lola und ich im Pokern unschlagbar waren – vor allem gegen zwei Missionare, die noch nie was vom Schummeln gehört hatten. Es wurde eine lange Nacht, über die ich diskret den Mantel des Schweigens breite. Nur soviel noch: Lolas sämtliche Pernod-Vorräte gingen drauf, wir wurden natürlich keine Mormonen, und irgendwo in den haarigen Tiefen von Lolas Flokati verbergen sich noch heute zwei elektrisch geladene Polyester-Schlüpfer.

Viva Diva: Audienz bei der Heiligen Diana

Karl und ich saßen bei einem Gläschen Sherry (oder zwei) in seinem Wohnzimmer. Barbra Streisand erklang vom CD-Player, auf dem Tisch lag die neue *Vanity Fair* mit Babs auf dem Cover, Karl trug ein T-Shirt mit ihrem Konterfei und über dem Sofa prangte das Filmposter von *Herr der Gezeiten.* Teilweise jedenfalls, denn Karl hatte Nick Nolte herausgeschnitten und ein vergrößertes Foto von sich selbst in Barbras Arme montiert.

„Ich frage mich, warum jeder gewöhnliche Homosexuelle auf irgendeine Showbiz-Veteranin fixiert ist", grübelte Karl. „Bette Davis, Dalida, Jessye Norman, Zarah Leander, Hilde Knef – die Liste ließe sich endlos fortsetzen. Es muß ein riesiger gemeinsamer Mutterkomplex sein, der die Schwulen in die Arme dieser menopausalen Mega-Diven treibt."

„Genau. Alle unsere Mütter haben im Flitterkleid und mit Federboa über unseren Wiegen gestanden und Broadway-Songs zum besten gegeben."

Unkontrolliert kichernd gönnten wir uns noch einen Sherry. Und dann machte ich einen riesigen Fehler.

„Viele stehen auch auf Diana Ross", sagte ich. „Ohne ihr schwules Publikum würde die Motown-Schlampe doch keine einzige Karte für ihr Konzert in der nächsten Woche verkaufen."

Karl verschluckte sich, hustete und stieß panisch hervor: „Die Ross? Gibt ein Konzert? Hier? Meine Diana?"

Erbleichend kippte er noch einen Sherry, sprang zum CD-Player, schnitt Barbra das Wort ab (*„People who need peoplllgrmp ..."*), und Sekunden später schallte *„Upside down, boy, you turn me!"* durchs Zimmer. Ich hatte vergessen (wie konnte ich nur), daß Miss Ross bei Karl gleich nach Barbra kommt.

„Kartenvorverkauf?" schrie er über den Diana-Disco-Beat ins Telefon. „Zwei Tickets für Lady Diana! Wie? Ich weiß, daß die Prinzessin von Wales keine Konzerte gibt! Diana Ross natürlich, Sie Kretin! Dritte Reihe? Perfekt. 200 Mark pro Stück? Egal."

Er sank aufs Sofa zurück, ein irres Grinsen auf den Lippen, Schweißperlen auf der Stirn, und murmelte: „DieRossdieRossdieRossdieRossdieRossdie ..."

„Für wen ist die zweite Karte?" unterbrach ich.

„Für dich natürlich", strahlte Karl. Ich griff nach dem Sherry und nahm ein paar kräftige Schlucke direkt aus der Flasche.

„Zweihundert Mark für ein singendes Totenkopfäffchen", entfuhr es mir heiser.

„Das ist doch geschenkt für eine Audienz bei der Königin des Entertainments", winkte Karl ab und stimmte lauthals (und falsch) mit ein: „*Upside down you're turning me, you give me love instinctively ...*"

Karl verpfändete den Kristallarmleuchter, den ihm seine Oma vererbt hatte, ich mußte einen Kredit aufnehmen – aber als am Samstag in der Halle die Lichter ausgingen und Diana Ross zu brandendem Applaus mit dem Schrei „*I'm! Coming! Out!*" auf die Bühne joggte, waren wir da: dritte Reihe Mitte. Wir hätten Dianas falsche Wimpern zählen können. Wenn nicht direkt vor uns drei amazonenhafte Transvestiten mit meterhohen Beehive-Perücken gesessen hätten.

„Ich reiß diesen Supremes-Mutanten gleich die Frisuren runter", stöhnte Karl frustriert.

Das Problem erledigte sich jedoch von selbst, als Frau Ross das Publikum aufforderte, an den Bühnenrand zu kommen. In Extremsituationen entwickeln Menschen oft ungeahnte Kräfte. Man erinnere sich nur an die Mutter, die einen Laster hochstemmte, um ihr darunterliegendes Kind zu retten. Das war gar nichts gegen Karl, der mit Überschallgeschwindigkeit über die Stuhllehnen sprang und dabei die Haartürme der Transen gefährlich ins Wanken brachte.

„Gehört der zu dir?" knurrte mich ein Mitglied des infernalischen Trios an, und kaum hatte ich „Ja, warum?" gefragt, sausten auch schon ein Strom wüster Beschimpfungen und eine paillettenbesetzte Handtasche auf mich nieder.

Als die Sternchen vor meinen Augen verschwunden waren, konnte ich Karl in der amorphen Jubelmasse vor der Bühne nicht wiederfinden. Diana Ross hatte das Singen inzwischen unterbrochen (ist ja ohnehin nicht so ihre Stärke) und das Konzert in eine Art Audienz verwandelt. Mit päpstlicher Würde nahm sie Blumensträuße aus dem Publikum an, betonte immer wieder, wie glücklich sie sei, hier zu sein, und ließ sich von vor Glück weinenden Lederkerls und ins kleine Schwarze gequetschten Hausfrauen abküssen.

Entsetzt mußte ich mit ansehen, wie Karl und die drei Transvestiten gleichzeitig die Bühne erklommen. Wie in Trance bewegte sich Karl mit ausgestreckten Armen auf sein Idol zu, das jedoch nur Augen für die Damenimitatoren hatte. *„Ladies und gentleman,"* rief Diana Ross, *„that must be the Supremes!"* Und dann stimmte sie, während die drei überglücklich und auf ihren Stöckeln wippend im Hintergrund stehen durften, ein Medley mit den größten Erfolgen ihrer ehemaligen Gruppe an.

Karl wurde indes von zwei Ordnern wieder ins Publikum geworfen wie ein geangelter Fisch, der zum Grillen zu klein ist. Ich drängelte mich durch die Menge und fand meinen alten Freund direkt vor der Bühne wimmernd und zitternd am Boden sitzen. Mit Mühe hob ich ihn auf und führte ihn aus dem Saal zum Bereitschaftssänitäter im Foyer.

„Ein leichter Kreislaufkollaps", konstatierte er und setzte Karl in einen Rollstuhl. „Das kommt sonst nur bei *East 17-* und *Take That-*Konzerten vor, aus denen wir die 13jährigen Mädchen reihenweise raustragen. Und natürlich, wenn Roger Whittaker auftritt – da verliert so manche begeisterungstrunkene Seniorin die Besinnung. Ich geb dann immer *Klosterfrau Melissengeist.* Hilft bei Ihrem Freund vielleicht auch."

Karl kippte zwei Gläser Melissengeist und hörte auf zu zittern. Vehement forderte er: „Ich will sofort wieder rein. Ich habe schließlich Omas Leuchter versetzt für Diana!"

„Schlimmer, als ich dachte. Er deliriert", sagte der Sanitäter.

Mit viel Geduld konnte ich ihn überreden, Karl wieder in den Saal zu lassen – unter der Bedingung allerdings, daß er im Rollstuhl bleibt. Ich parkte Karl neben Reihe drei im Mittelgang und hockte mich hinter ihn. Diana Ross stimmte gerade *„Reach out and touch"* an. Nach der ersten Strophe stieg sie hinab ins Publikum, schüttelte Hände, küßte ihr entgegengestreckte Kinder und segnete ihre Fans: *„Bless you, bless you!"* Ich kam mir vor, als würde die Heilige Jungfrau persönlich in Lourdes eine Messe halten. Es fehlte nur noch, daß Diana Wunder wirkte.

Da schwebte sie in ihrer leuchtend blauen Taft-Robe direkt auf uns zu. Vom Spotlight umstrahlt schenkte sie mir ihr berühmtes Lächeln (32 Zähne in jedem Kiefer), bevor sie sich über Karl beugte, seine Hände nahm und ihn auf beide Wangen küßte. *„God bless you"*, hörte ich sie hauchen. Und wie eine Vision rauschte Diana Ross weiter, singend, segnend, mit wehender Mähne und wogendem Taft. Die Scheinwerfer folgten ihr, wir blieben im Dunkel zurück. Karl stand auf und wankte ein paar Schritte hinter ihr her. Eine Frau im Großgeblümten zeigte auf ihn und schrie: „Ein Wunder! Er kann wieder gehen!"

Bevor die Menge ihre Aufmerksamkeit von Diana Ross auf Karl richten konnte, zog ich ihn blitzschnell wieder in den Rollstuhl und zischte ihm ins Ohr: „Bleib sitzen, sonst liest du morgen früh in der *Bild-Zeitung:* ‚Diana Ross-Konzert: Wunderheilung an homosexuellem Rollstuhlfahrer! Papst bietet Soul-Diva Bischofsamt an!' "

Die Großgeblümte starrte uns mit offenem Mund an, bis Diana Ross wieder auf die Bühne stieg, *Upside Down* anstimmte, damit das Publikum zu *standing ovations* hinriß und die Wundergläubige von uns ablenkte. Der Rest des Konzerts machte deutlich, daß Miss Ross den Beinamen „Dynamic Diana" wirklich verdient (mit über fünfzig noch so gelenkig!). Und obwohl ich immer noch finde, daß sie aussieht wie die Schwester von Pippi Langstrumpfs zahmer Meerkatze Herr Nilsson, so muß ich doch sagen, daß sie wahrscheinlich das begabteste und glamouröseste Totenkopfäffchen diesseits des Äquators ist ...

Eine Woche später hatte sich Karl von seinem Kreislaufkollaps bereits völlig erholt – abgesehen davon, daß er sich standhaft weigerte, die Lippenstiftspuren der Ross von seinen Wangen zu waschen.

Im Rausch der Sinne

Da lagen sie ganz unschuldig auf Karls Küchentisch: drei kleine rosarote Pillen. Lola, Karl und ich fixierten die Tabletten wie drei Kaninchen die Schlange.

„Teufelszeug", zischte Lola.

„Das ist die Situation, vor der mich mein Religionslehrer Dekan Möller immer gewarnt hat", sagte ich. „‚Drogensucht beginnt meistens, wenn gute Freunde zu Verführern werden'", so stand es in unserem Lehrbuch *Christliche Jugend*. Karl, du Verführer!"

Ja, es handelte sich bei den harmlos aussehenden Pillen um Drogen (uh, bei dem Wort denkt man sofort an den goldenen Schuß auf der Bahnhofstoilette). Karl hatte zwei Wochen Urlaub in der Karibik verbracht und dort einen offenbar ganz reizenden Kubaner kennengelernt, mit dem er nicht nur alle Stellungen aus dem *Joy of Gay Sex* nachgestellt, sondern auch die Modedroge Ecstasy ausprobiert hatte. Die Pillen auf dem Küchentisch waren Juans Abschiedsgeschenk an Karl.

„Wenn ich nur daran denke, daß du das Zeug durch den Zoll schmuggeln mußtest", sagte Lola und erschauerte. „Hast du die Pillen wenigstens in einer Plastikkapsel versteckt und rektal eingeführt?"

„Wenn er das getan hat, nehme ich auf gar keinen Fall eine!" rief ich.

„Und ich schlucke das ohnehin nicht. Hab ich als stolze, starke, unabhängige Frau der Neunziger es nötig, mit irgendwelchen Psychopharmaka, oder was immer das ist, künstlich gute Laune zu erzeugen? Nein!" deklamierte Lola mit erhobener Faust.

Karl sah uns mit seinem Bassettblick an: „Kommt schon, Kinder. Einmal ist keinmal, und ich verspreche, ihr werdet nicht süchtig. Ich bin's ja auch nicht, obwohl ich das Zeug im Urlaub genommen habe. Also los, zur Erinnerung an Juan!" Karl nahm eine Tablette zwischen Daumen und Zeigefinger, prostete uns damit zu und warf sie sich in hohem Bogen in den Mund. Lola und ich starrten ihn mit weit aufgerissenen Augen an. Karl schluckte.

„Jetzt erzählt er uns gleich, daß auf dem Teppich ganz herrliche bunte Blumen wachsen", sagte Lola. „Und dann springt er aus dem Fenster, weil er glaubt, er kann fliegen. Auf seiner Beerdigung wird es herrliche bunte Blumen geben ..."

„Quatsch, Lola, es dauert eine halbe Stunde, bis die Wirkung eintritt", erklärte Karl.

„Dann springst du eben in einer halben Stunde. Ich kann das nicht mit ansehen. Wenn wir gehen, gehen wir gemeinsam", resignierte Lola und schluckte mit stoischer Miene die zweite Pille. Dann sah sie auf die Uhr. „Um halb elf wird es soweit sein. Erschießt mich bitte, wenn ich anfange, Spinnen, Fledermäuse, Würmer und meinen Exfreund herbeizuhalluzinieren." Schweigend und gespannt zogen wir unsere Jacken an.

Karl wollte seinen Rausch unbedingt in einer Disco, bei lauter Musik und in der Gesellschaft vieler Leute erleben: „High zu sein und zu Hause rumzusitzen ist doch langweilig."

Ich stand ratlos vor dem Küchentisch. Links neben meinem Kopf schwebte mit Engelsflügeln und erhobenem Zeigefinger Dekan Möller, rechts Karl mit Hörnchen auf der Stirn und einem verführerischen Grinsen. Meine Hand zuckte auf die Tablette zu. „Denk an Christiane F.!" zischte Dekan Möller. „Feigling", flüsterte Karl. Ich schluckte die Pille und stand – erschrocken über mich selbst – mit zugekniffenen Augen wie gelähmt da. Dekan Möller schlug die Hände vors Gesicht und löste sich in Rauch auf. Das Karl-Teufelchen lachte diabolisch, seine kleinen Hörner blitzten, dann verschwand es mit einem Knall.

Ich öffnete die Augen. Vor mir stand der echte Karl: „Gehen wir?"

„O-okay", stotterte ich.

Im Auto sah ich ununterbrochen auf die Uhr. Lola trommelte nervös auf dem Armaturenbrett herum, Karl fuhr stumm und konzentriert wie selten. Plötzlich kreischte Lola: „Es fängt an! Ich sehe Farben!"

„Das ist eine Ampel", sagte Karl.

„Ach so", flüsterte Lola und zündete eine Zigarette an. Wir parkten und spazierten zur Disco. Mir war seltsam warm. Lola hakte sich bei mir ein und grinste: „Baby, ich bin so was von *wach* auf einmal!"

Ihre Pupillen waren riesengroß. Karl ging ein paar Schritte vor mir, und ich bemerkte, wie wunderschön die Stelle an seinem Nacken aussah, an der die Haare aufhörten und die Haut begann.

„Karlchen", flüsterte ich und umarmte ihn von hinten, „hab ich dir schon mal gesagt, daß du nicht nur mein bester Freund bist, sondern auch extrem attraktiv?"

„Oh, la, la, das Zeug scheint zu wirken. Nüchtern würdest du dir eher die Zunge abbeißen, als mir Komplimente zu machen!" sagte Karl. „Und wie geht's dir, Lola?"

„Hach, ich bin so was von *wach*", kicherte Lola.

„Komisch, ich merke gar nichts", beschwerte sich Karl.

In der Disco schmiegte ich mich ganz eng an ihn und erzählte ihm, wie gut er rieche und daß er ganz extrem niedliche Ohren habe, was Karl sehr irritierte. Die Musik ging mir direkt in die Hüften; ich schwankte im Takt hin und her wie eine Schlangentänzerin. Bier und Zigaretten schmeckten intensiver, als ich es je erlebt hatte, und ich mußte ständig den Impuls unterdrücken, Karl auf den Mund zu küssen. Er wand sich aus meiner Umarmung und meinte: „Wenn ich nur geahnt hätte, daß Ecstasy auf dich diese Wirkung ausübt, hätte ich es dir *niemals* gegeben!"

„Ich liebe dich trotzdem", sagte ich sanft schwankend.

„Kinder, seid ihr auch so *wach*", quietschte Lola und kniff Karl in den Hintern. Er blies empört die Backen auf und ließ uns stehen, um sich mal umzuschauen. Lola ging auf die Toilette, und ich lehnte mich an einen Pfeiler und lächelte. Ein blonder Junge mit grünen Augen saß an der Bar. Ich schwebte auf ihn zu, lehnte mich vor, flüsterte: „Bezauberndes Geschöpf", und steckte ihm die Zunge ins Ohr.

Der Knabe fiel fast vom Barhocker, starrte mich entsetzt an und fragte: „Kennen wir uns?"

„In meinen Träumen lieben wir uns sogar schon", sülzte ich und legte beide Hände auf seine Schenkel.

„O Gott, wieder so 'n enthemmter Ecstasy-Freak", sagte der Junge, schüttelte mich ab und verschwand in Richtung Tanzfläche. Mir konnte das die Laune nicht verderben.

Ich nahm seinen Platz ein und hörte mit ehrfürchtiger Hingabe der Musik zu, bis Lola wieder auftauchte und mir die Flamme ihres Feuerzeugs vors Gesicht hielt: „Im Spiegel hab ich's gesehen, daß ich stark erweiterte Pupillen habe. Ach ja, du auch. Das wollte ich nur wissen. Ich bin so was von *wach!* Uuh, Baby, ich verspüre den Drang zum Ausdruckstanz. Schöpfen und Streuen, Schöpfen und Streuen ..." Ausladend mit den Armen rudernd, schob sie sich durch die Menge zur Tanzfläche. Ich folgte in ihrer Schneise. Karl war schon mitten im Getümmel und hopste herum wie ein Voodoopriester in Trance. Wir kämpften uns zu ihm vor, und Lola unterzog Karl ihrem Feuerzeugtest. „Wie heißt es in dem Märchen: groß wie Mühlräder!" kicherte sie.

„Ich fühle mich wie Diana Ross bei ihrem Konzert im Central Park", verkündete Karl und rief den Tanzenden zu: *„I thank you and I love you! I'm so glad to be here! I love you all!"* Bei ihm wirkte das Zeug offenbar spät, aber gewaltig. Lola indessen schöpfte und streute, schöpfte und streute.

„Ich bin ja so was von *wach!"* jauchzte sie.

„Das sagtest du schon", rief ich ihr zu.

„Ist doch egal", antwortete Lola und verdrehte ihren Körper in den seltsamsten Verrenkungen. „Schau mal, Baby: Ich tanze den Zyklus des Lebens! Geburt, Liebe und Vergehen!" In dem Moment machte der Discjockey den Fehler, *Chain Reaction* von Diana Ross aufzulegen.

Kaum erklangen die ersten Takte, als Karl, strahlend und lächelnd, die Arme in die Höhe warf und brüllte: *„Call me Miss Ross!"* Dann improvisierte er eine von Supremes-Choreographien inspirierte Tanznummer, für die er sich mit gezielten Ellenbogenstößen und Tritten den notwendigen Platz verschaffte. Rücksicht ist für Miss Ross, wie man weiß, ein Fremdwort. Genervt räumte das

Publikum – mich eingeschlossen – die Tanzfläche, bis nur noch Lola und Karl übrigblieben. Lolas ekstatischer „Ausdruckstanz" erinnerte mich an die Balz einer läufigen Elchkuh, und Karl sang, lustig hüpfend, sehr laut und sehr falsch *Chain Reaction,* obwohl aus den Boxen inzwischen irgendein Tekknostück tönte.

Tief innen, durch den Nebel des Ecstasy-Rausches, regte sich in mir ein Gefühl der Peinlichkeit. Gerade wollte ich wieder auf die Tanzfläche eilen, um Lola und Karl zur Raison zu bringen, als die beiden von zwei Türstehern ergriffen und sanft, aber bestimmt, in ihre Mäntel gesteckt und hinauskomplimentiert wurden. Ich folgte ihnen natürlich auf dem Fuße. Nicht auszudenken, was geschehen könnte, wenn sie ihre Vorstellung auf offener Straße fortführten! Als ich an der Garderobe in den Spiegel sah, hatten meine Pupillen wieder ihre normale Größe. Mir war auch nicht mehr so warm. Irgendwie fühlte ich mich leer. Auf der Straßenseite gegenüber der Discothek befand sich ein kleiner Park. Lola und Karl saßen kichernd auf einer Bank vor einem Rhododendronstrauch. Ich nahm neben ihnen Platz. Es begann zu dämmem, die Vögel sangen, und wir lauschten.

„Na, ihr Drogenopfer", sagte ich nach einer Viertelstunde. „Die Show ist wohl vorbei."

„Thank you so very much. I love you all", flüsterte Karl und gähnte.

„Selber Drogenopfer", sagte Lola und zündete sich eine Gauloise an. „Kinder, ich bin so was von *müde!"* seufzte sie.

Karl meinte nachdenklich: „Vor einer halben Stunde war ich noch der Mittelpunkt der Welt, und jetzt fühle ich mich wie nach 15 Kilometern Joggen. ‚Alle diese Drogen haben viele schon belogen', singt Nina Hagen."

„Richtig, irgendwie war das alles ziemlich verlogen", stimmte ich zu. „Nicht zu fassen, daß ich *dir* Komplimente gemacht habe!"

Karl zog eine Augenbraue hoch und sagte: „Wirklich schockierend."

„Wir haben eine Erfahrung gemacht, und das ist alles", unterbrach Lola, wieder ganz ihr altes, resolutes Selbst. „Kein Grund für moralisierende Nachwehen. Das hier ist das Leben und kein ZDF-Fernsehspiel. Also auf, Jungs, fahren wir nach Hause, bevor ich – Gott behüte – auf einer Parkbank einschlafe."

Mit Lola in der Mitte gingen wir Arm in Arm zum Auto.

Sexualpolitik

Als ich vor ein paar Wochen beim Joggen im Stadtpark anfing zu röcheln und einen Klumpen grauen Schleims ausspuckte, beschloß ich, mir das Rauchen abzugewöhnen. Ich wartete tatsächlich bis nach dem Duschen, bevor ich mir wieder eine anzündete. Natürlich war ich nicht süchtig – andere Leute rauchen beim Joggen. Ich könnte jederzeit auf der Stelle aufhören, aber bitte Schritt für Schritt. Also vergrößerte ich die Intervalle zwischen meinen Zigaretten innerhalb einer Woche von viereinhalb Minuten auf fünfdreiviertel. (Na gut, zugegeben, manchmal wartete ich auch nur fünf Minuten und vierzig Sekunden.) Ich trat resigniert einer Selbsthilfegruppe bei: „Rosa gegen blauen Dunst – Gesprächstherapie für homosexuelle Nikotinabhängige".

Bei meiner ersten Sitzung mußte ich mich vor die etwa zwölf Gruppenmitglieder und die fette Therapeutin, die Laufsteg-Model war, bevor sie das Rauchen aufgab und Psychologie studierte, hinstellen und sagen: „Hallo, mein Name ist Baby, und ich bin nikotinsüchtig."

Die anderen antworteten im Chor: „Herzlich willkommen, Baby. Du bist krank, aber wir akzeptieren dich."

Dann verbrachten wir eine Stunde damit, Kaugummi zu kauen und uns gegenseitig zu erzählen, wie tief wir durch die Zigaretten gesunken waren: Ich erwähnte meinen Schleimklumpen, ein großer Blonder erinnerte sich, wie seine Beziehung in die Brüche ging, weil er nicht nach, sondern während des Orgasmus rauchte, ein Lederkerl gab beschämt zu, der Rauch von Mentholzigaretten mache ihn schärfer als Poppers, und weinend erzählte ein Dickerchen mit onduliertem roten Haar, wenn er länger als eine Viertelstunde nicht rauche, müsse er – egal, wo er gerade sei – dringend onanieren und habe deswegen schon sehr unschöne Szenen in Nichtrauchertaxen erlebt. Es war alles sehr bewegend und bestärkte mich in meinem Entschluß, nie wieder zu rauchen.

Nach der Sitzung zündete ich mir mit einem meiner Mitpatienten im Aufzug eine Zigarette an. Auf der Straße blies er mir Rauch ins Gesicht, sagte, er heiße Peter, und fragte, ob ich die Therapie nicht in privaterem Ambiente fortsetzen wolle. Da er aussah wie Robert Redford Anfang der siebziger Jahre, überlegte ich nicht lange und stieg in seinen offenen Porsche.

„Beeindruckendes Auto", sagte ich.

„Glaub bloß nicht, ich sei reich. Den hat mir ein Parteifreund geliehen", winkte er ab. „Ich bin nämlich politisch sehr aktiv, in der Freien Demokratischen Union. Zufällig habe ich hier im Handschuhfach ein Flugblatt über die politischen Ziele der FDU. Du wählst uns doch hoffentlich?"

Ich war perplex. Soweit mir bekannt war, interessierten sich nur höchst unattraktive Schwule für Politik (aus Kompensationsgründen), und die waren eigentlich nie

Mitglieder in einer der großen Parteien, sondern in irgendwelchen obskuren Vereinen, die sich ständig zerstritten und spalteten und keinen weiteren Nutzen hatten, als sexuell unausgefüllten Homos die Zeit zu vertreiben.

Als ich das Peter erläuterte, nahm er eine Kurve besonders scharf und grinste: „Diese Typen betreiben keine Politik, sondern kleinkarierte Hirnwichserei. Politik hat nichts mit intellektuellen Diskussionen in Kellerräumen zu tun, sondern mit Macht." Er öffnete mit einer Fernbedienung das Tor seiner Garage, die im Souterrain eines Stadtpalastes lag, dessen obere Hälfte Peter bewohnte. „Fast umsonst, verstehst du, unten wohnt ein Parteifreund, dem das Haus gehört, und der unterstützt mich ein wenig."

In der Küche nahm Peter einen Cocktail-Shaker aus dem Designer-Kühlschrank und füllte zwei Gläser: „Kai Pirinha – total angesagt!" Nach zwei Drinks war ich sehr fröhlich, und Peter zeigte mir den Pool im Keller („Drehn wir 'ne Runde?"), den Kandinsky in der Diele (ich stand staunend und tropfend davor), das Schlafzimmer und schließlich sein beträchtliches Geschlechtsteil, das er ebenso rasant handhabte wie seinen Porsche …

Bei der vierten Zigarette danach wurde ich langsam wieder nüchtern und bemerkte, daß ich mich hier in einer Jungfrauenfalle wie aus einem schlechten Doris-Day-Rock-Hudson-Film befand. Neben dem Bett lagen die Fernbedienungen für den Deckenlicht-Dimmer und den CD-Player, der ganz leise Madonnas *Erotica*-Album spielte. Ich fühlte mich ziemlich blöd.

„Du, ich muß dich jetzt rausschmeißen", sagte Peter und tätschelte meinen Kopf. „Morgen muß ich sehr früh raus und viel vorbereiten – ich gebe ein kleines Abendessen für meine Parteifreunde. Wenn du willst, kannst du mir deine Nummer dalassen, Schätzchen. Ich ruf dich an, wenn ich mal Zeit habe." Ich starrte auf die schwarze Seidenbettwäsche und kam mir noch blöder vor. „Also hopphopp! Ich brauche meinen Schönheitsschlaf", kommandierte Peter und warf mir meine Kleider zu. Auf dem Heimweg rauchte ich zwei Schachteln Zigaretten in einer halben Stunde. Zu Hause duschte ich, bis kein warmes Wasser mehr da war. Dann griff ich wieder zu meinen Zigaretten, erinnerte mich aber daran, daß ich aufhören wollte, und rauchte deswegen nur noch siebzehn.

Am nächsten Tag traf ich mich mit meinem Freund Karl in einem Café, um mich auszuheulen.

„Ich habe mich nicht mehr so gedemütigt gefühlt, seit ich in meiner Penisvergrößerungspumpe steckenblieb und den Notarzt holen mußte", jammerte ich.

„Dieser Polit-Typ, sieht der vielleicht aus wie Robert Redford in *Barfuß im Park?* fragte Karl.

„Kennst du den etwa?"

„Die ganze Stadt kennt doch seine Tour." Karl äffte Peters Stimme nach: „‚Kai Pirinha – total angesagt! Hast du Lust auf 'ne Runde im Pool? Also hopphopp, raus mit dir, ich brauche meinen Schönheitsschlaf!'"

„Entschuldigung", fragte ein kleiner Brünetter vom Nebentisch, „sprecht ihr gerade über Peter von der DSU? Das arrogante Miststück hat mich 'ne Psychotherapie gekostet."

Sein Begleiter zischte: „Garagenfernbedienung! Daß ich mich davon habe beeindrucken lassen!"

Der Kellner trat an unseren Tisch: „Polit-Peter? Der sammelt gebrochene Herzen wie Imelda Marcos Schuhe. In diesem Laden sitzen mindestens ein Dutzend Typen, die er abgeschleppt und dann wie benutzte Kondome weggeworfen hat." Er putzte sich die Nase und schniefte:

„Immer wenn ich *Erotica* höre, muß ich daran denken, wie mies er mich behandelt hat. Und Kai Pirinhas habe ich von der Karte gestrichen."

Ein pakistanischer Rosenverkäufer mit starkem Bartschatten mischte sich ein: „Peter mit Porsche? Gut in Bett, aber schlecht Mensch. Er nur wollen mein Körper, nicht meine Blumen."

Karl schlürfte einen Schluck Tee und überlegte: „Vielleicht ist das eine Art Propaganda? Politiker müssen schließlich dem Volk nah sein."

„Pakistanis dürfen nicht wählen", gab ich zu bedenken.

„Die Zeit ist reif für einen Akt homosexueller Befreiungspolitik!" deklamierte Karl. „Ich beantrage die Gründung einer Anti-Peter-Partei!"

„Antrag angenommen!" rief der Brünette vom Nebentisch.

Johlende Stimmung füllte das Lokal. Auf einer Serviette trugen sich die Gründungsmitglieder der neuen Partei ein. Bald waren wir über zwanzig.

„Kommen wir zum ersten – und übrigens einzigen – Punkt des Parteiprogramms", sagte Karl und schlug mit einem Löffel gegen sein Teeglas, „Maßnahmen gegen Promisk-Peter."

Nachdem unser Schriftführer (der Rosen-Pakistani) die Beschlußfähigkeit festgestellt hatte, wurden Anträge zum Peter-Problem eingereicht und zur Abstimmung freigegeben. Natürlich gewann Karls Idee. Karl hat immer die besten Ideen. Und die gemeinsten.

Abends – Peters Essen mit Parteifreunden mußte in vollem Gange sein – traf sich die APP vor seiner Villa, direkt unter dem Balkon. Wir hatten den ganzen Nachmittag an Transparenten gearbeitet: *Anti-Peter-Partei –*

nie wieder sexuelle Demütigung!; Wählt APP – gegen Porsche und Parteifilz!; APP – Sexualpolitik ohne Madonna und Kai Pirinha!"

Während wir stumm anklagend im Kreis demonstrierten und Flugblätter („Sind auch SIE ein Opfer sexbesessener Politiker?") an Passanten verteilten, wuchs um uns eine beträchtliche Menschenmenge. Der Aufruhr lockte Peter schließlich auf den Balkon. Er wirkte hysterisch und trug nichts außer einem Handtuch um die Hüften und einem Hundehalsband, an dem eine Leine schlenkerte. „Seltsames Partei-Diner", flüsterte mir Karl zu.

Mit zornrotem Kopf brüllte Peter, wir sollten uns verziehen: „Ich habe ein demokratisches Recht auf die sexuelle Nutzung der Bevölkerung! Mir kann keiner was vorwerfen!"

Hinter ihm reckte sich ein nackter, fetter, haariger Arm aus der Balkontür, griff nach der Hundeleine und zerrte Peter zurück. Wir hörten eine gedämpfte Stimme mit bajuwarischem Akzent zischen: „Spinnst jetzt, Peda? Do kennt die Presse dabeisein! Kimm eini, moch di net lächerlich und sei a braves Hündchen. Schließli wuist amol Abgeoardneter wern!"

Bevor die Balkontür zuknallte, hörten wir Peter noch flehen: „Verzeihung, Herr Minister." Die boulevardeske Szene löste große Heiterkeit und Befriedigung bei der APP aus, die kichernd ihre Spontan-Demo auflöste und sich in die nächstgelegene Disco vertagte, um den ersten von ihr angezettelten Polit-Skandal zu feiern.

„Dieser Peter ist wirklich genug gestraft", grinste Karl und bot mir eine Mentholzigarette an, die ich natürlich nicht ablehnte.

Beim nächsten Treffen der Anti-Nikotin-Gruppe war Peter – ich spekulierte, daß sein Minister ihm einen Aufenthalt in der Betty-Ford-Klinik finanziert hatte – nicht mehr dabei. Aber dafür ein Zigarillo-Abhängiger, der aussah wie Clint Eastwood vor 30 Jahren. Leider saß er so ungünstig, daß ich ihn um unsere voluminöse Therapeutin herum anflirten mußte, die meine Aufmerksamkeit geschmeichelt auf sich selbst bezog und lüstern lächelnd meinte: „Baby, es scheint, als begünstige der Nikotinentzug bei dir heterosexuelle Tendenzen. Das erfordert Einzeltherapie."

Nach der Sitzung gab ich allerdings eher homosexuellen Tendenzen nach und paßte den Aufzug so ab, daß ich ihn mit Clint Eastwood teilte. Als ich – konsequent wie eh und je – nach meinen Zigaretten griff, nahm er sie mir aus der Hand, küßte mich auf den Mund und sagte: „Versuch's doch mal mit einer anderen Art von oraler Befriedigung." Ich hoffte nur, daß Clint nichts mit Politik zu tun hatte.

Generationskonflikt: Ein Drama in vier Telefonaten

I

„Sankt Ignatius Heim für gefallene Mädchen, Pforte."

„Hallo, Baby, ich bin's, Karl. Stör ich?"

„Geringfügig. Ich mache gerade Aerobic zum Soundtrack von *Priscilla, Königin der Wüste.* Kampf der Zellulitis!"

„Tja, wer's nötig hat. Ich dagegen scheine auch ohne Gezappel noch jugendlich zu wirken. Gestern nacht flehte mich ein 17jähriges Bürschchen, das aussah wie der Leadsänger von *East 17,* um meine Telefonnummer an. Offensichtlich hielt er mich für einen Gleichaltrigen."

„Oh Gott, wird das eins dieser Stell-dir-vor-was-ich-wieder-aufgerissen-habe-Gespräche?"

„Das ist mehr als ein Aufriß, Schätzchen, das ist eine Offenbarung. Du weißt doch, ich war schon immer scharf auf diese Kleinen in übergroßen Latzjeans und Schlumpfmütze, die beim Tanzen immer so niedlich hopsen und die Finger abspreizen. Und genau so ein Exemplar habe ich auf der gestrigen *Abba*-Revival-Party im „Tanztempel“ kennengelernt. Er heißt übrigens Benny, seine Mutter hat ihn nach Benny Andersson benannt. Süß, nicht?“

„Wenn er *Abba* mag, steht dein Schlumpf vielleicht grundsätzlich auf nostalgische Relikte aus den 70er Jahren. So wie andere Antiquitäten sammeln, ergötzt er sich an Affären mit Zeitzeugen einer längst vergangenen Epoche. Karl, bist du noch dran? Was ist das für ein Geräusch? Hör auf, den Hörer zu schlagen!“

„Relikt? Antiquität? Ich? Mit 25 – in Worten fünfundzwanzig – Jahren?!“

„In der schwulen Szene altert man schnell. Mitte zwanzig ist nicht jung, nur akzeptabel, Karlchen.“

„Und warum hat mich Benny dann so direkt angemacht, wenn ich nichts bin als ein alter Sack? Wie hypnotisiert kam er auf mich zu und sagte: ‚Wow, deine Krähenfüße find ich total geil!‘ Hör auf zu lachen, Baby, ein paar Fältchen an den richtigen Stellen wirken eben ungeheuer sexy. Und heute gehen wir ins Kino!“

„*Tod in Venedig* oder *Boulevard der Dämmerung?*“

„Der Neid steht dir in der Stimme geschrieben. Mach mit deinem sinnlosen Gehopse weiter. Du wirst trotzdem nie wie Guy Pierce aussehen. Ich ruf dich wieder an.“

II

„Privatsekretariat Margot und Maria Helbig. Die Damen nehmen gerade ein Schlammbad. Kann ich Ihnen helfen?“

„Ach, halt die Klappe, Baby, und hör einfach zu. Ich bin völlig fertig. Benny war mit mir in *Pulp Fiction.* Ich wußte nichts über den Film, außer daß John Travolta mitspielt, und von dem Süßen habe ich ja schon vor 10 Jahren ein Poster an der Wand. Also dachte ich, bestimmt was Nettes für's Herz wie *Grease.* Pah! Travolta ist fett, hat langes, schmieriges Haar und spielt einen Berufskiller. Dauernd spritzt Blut und Hirn über die Leinwand. Mir wird schlecht, aber Benny lacht und sagt staunend ‚geil!', wenn wieder mal gemetzelt wird. Travolta verabreicht Uma Thurman aus Versehen eine Heroin-Überdosis und belebt sie wieder, indem er ihr eine Spritze ins Herz rammt. Ich übergebe mich in die Popcorntüte und Benny klatscht begeistert in die Hände! Hinterher will er Hamburger essen (ich kriege nichts runter) und dann muß er nach Hause, weil er noch für eine Mathe-Klausur üben will. Kannst du übrigens Integralrechnung? Womit diese armen Gymnasiasten gequält werden. Kein Wunder, daß sie Blutorgien wie *Pulp Fiction* zum Ausgleich brauchen. Trotzdem: Am nächsten Tag habe ich ihn zu mir eingeladen, um ihm mal zu zeigen, was unsere Generation unter gelungenem Kino versteht: *Von Augenblick zu Augenblick* von 1979 auf Video. John Travolta liebt die um Jahre ältere Lily Tomlin. Seufz! So eine richtige altmodische Schnulze. Was passiert? Benny schläft ein! Ich wecke ihn sanft, und er sagt, Lovestories zwischen jungen Männern und alten Schnepfen fände er total scheiße. Hör sofort auf zu kichern, Baby! Dann will er „kuscheln". Als ich gerade meine Hand in seine Boxershorts zwänge, klingelt das Telefon. Stell dir vor, er hat seiner Mami meine Nummer gegeben – für den Notfall, hah! –, und die macht sich Sorgen, weil es schon elf Uhr ist! Also fährt Benny nach Hause, und ich lege noch mal Travolta ein und hole mir völlig frustriert auf die Whirlpool-Szene einen runter. Morgen treffe ich Benny direkt nach der Schule, nachmittags wird Mami wohl nicht dazwischenfunken.

Er will, daß ich mit ihm Latein pauke. Sie nehmen gerade Petronius durch. Wenn wir uns dabei nicht näher kommen! Ich ruf dich wieder an."

III

„Salman Rushdie hier. Wie sind Sie an meine Nummer gekommen, um Allahs Willen?"

„*Wer* ist da?"

„Baby Neumann, und selbst?"

„Ich heiße Benny, ich kenn deinen Freund Karl, weißt du, diesen Typ mit dem Travolta-Fetisch. Ist zwar etwas frech von mir, einfach so anzurufen, aber ich dachte, vielleicht kannst du als Karls bester Freund mir helfen. Ich werd nämlich nicht schlau aus dem und dabei find ich ihn eigentlich total süß, so mit dem Bauchansatz und den Geheimratsecken."

„Ohmeingott – hast du ihm das etwa gesagt? Kein Wunder, daß du Probleme hast."

„Also, Karl hat mir bei meinen Lateinhausaufgaben geholfen und fing an, so über Encolpius und Giton zu labern, und was ich wohl glaube, wie die im alten Rom die Sau rausgelassen haben und daß ich schön sei wie ein antiker Lustknabe – ist dir das peinlich, wenn ich so ganz offen ...?"

„Überhaupt nicht! Nur keine Hemmungen. Das Tonbandgerät läuft."

„Was?"

„Ein Witz."

„Ach so. Jedenfalls sag ich zu Karl, er braucht gar nicht so rumzusülzen, ich wär eh schon auf ihn scharf, so die spießige Art wie er sich anzieht, find ich völlig geil, und wie *Pulp Fiction* ihn total fertiggemacht hat – voll niedlich, und auch daß er so alt ist, daß er *Abba live in concert* noch erlebt hat. Wow!"

„Mit zehn. Seine Mutter war dabei. Bei dir hört sich das an, als hätte er in Verdun gekämpft."

„Naja, egal, ich mach jedenfalls so an ihm rum, und er fragt, warum ich ihn so unwiderstehlich finde, und ich sage, ‚ey, das hat viel mit den total witzigen Denkfalten auf deiner Stirn zu tun' – wir sind jetzt schon ausgezogen und liegen in Karls Bett – ‚und diesem kuscheligen Rettungsreifen um deine Hüften.' Ist dir das echt nicht unangenehm, Baby?"

„Nur weiter, Benny. Nichts Menschliches ist mir fremd. Nicht mal Karls Hüften."

„Also, jedenfalls: Der Typ kriegt total keinen hoch. Dann rennt er ins Badezimmer, glotzt seine Stirn im Spiegel an und zieht völlig bescheuert den Bauch ein. Er sagt, er fühlt sich plötzlich wie irgendein Aschenbach oder so und vielleicht bin ich zu jung für ihn. Aber, ey, acht Jahre Unterschied, das ist doch fast nichts, und die Kids in meinem Alter machen mich echt nicht an. *Bravo* lesen und blöde Tekknoparties und den ganzen Tag *Viva* glotzen – voll langweilig. Karl ist jedenfalls (schnüff) total gemein zu mir, sagt, ich soll gehen (schnief), weil er seine Zeit nicht mit mir verschwenden will, er muß jetzt 500 Sit-ups machen und einen Liter Oil of Olaz auftragen (heul, schluchz). Dabei find ich ihn echt voll süß und hab ihm doch nichts getan, und der schmeißt mich einfach raus. (Buhuhuuuh!)"

„Nicht weinen, Kleiner. Karl ist ein wenig hysterisch, was sein Alter angeht, und ich glaube, er hat gestern auf die harte Tour gelernt, daß man nicht jung bleibt, indem man mit jungen Menschen schläft. Hast du übrigens wirklich Ähnlichkeit mit dem Leadsänger von *East 17?*"

„Das sagen sie jedenfalls in meiner Klasse, warum?"

„Wenn du jemanden brauchst, der dich tröstet, kannst du sofort vorbeikommen, Benny-Schätzchen."

„Ich hab die Nase voll von euch schmutzigen alten Männern!"

„Benny? Leg nicht auf! Benny? Ich hab alle *Abba*-Platten! Auf Vinyl! Und einen Ansatz zum Doppelkinn! Benny?"

Tüüüüt.

„Vielleicht besser so."

IV

„Baby Neumann."

„Hallo, ich bin's, Karl. Was meldest du dich denn so komisch? Stell dir vor, ich hab mich von Benny getrennt. Bei meinem intellektuellen Niveau fingen seine Schülergespräche an, mich zu langweilen."

„Ach, und was ist mit seiner Brad-Pitt-Taille und den glatten rosigen Wangen? Auch schon langweilig? Oder konntest du vielleicht den Anblick seiner frischen Haut neben deinen Leberflecken nicht mehr ertragen?"

„Ich hab überhaupt keine Leberflecken! Und erst recht keine Probleme mit meinem Alter. Ich stehe in der Blüte meiner Jahre, Baby. Das sagt jedenfalls dieser nette 45-jährige Buchhändler, der mich gestern nacht im „Stiefelknecht" angesprochen hat. Der hat zwar eine Glatze und Schenkel wie Domenica, aber im Bett geht die Post ab! Er heißt Freddy, seine Mutter war Freddy-Quinn-Fan. Süß, nicht? Er schwärmt dauernd, wie voll mein Haar ist und wie straff mein Hintern."

„Karlchen, du bist der eitelste Mensch, den ich kenne. Der arme Benny ist verknallt in dich. Schämst du dich überhaupt nicht, ihn so abzuservieren?"

„Ich möchte eben nicht wegen meiner Krähenfüße, sondern wegen meines Knackarsches begehrt werden. Mit Freddy fühle ich mich jung und attraktiv. Und jetzt muß ich leider Schluß machen. Wir gehen nämlich in die Oper."

„Mit Freddy in die Öffentlichkeit? Ganz schön gewagt, mein Lieber."

„Gewagt? Ich versteh nicht, Baby."

„Na, das distinguierte Publikum wird sicher denken, daß du ganz schön alt aussiehst. So alt, daß du nur noch einen fetten 45jährigen Glatzkopf abgekriegt hast mit deiner verwelkten Visage."

„Was? Wie? Daran habe ich gar nicht gedacht! Was tue ich bloß? Ich muß Freddy sofort absagen! ..."

Tüüüt.

„Karl?"

Tüüüt.

„Ich mein das doch nicht ernst! Nicht auflegen! Hallo? Hallo? Oh verdammt. So schnell wird also aus dem wunderbaren, süßen Freddy ein alter Sack."

Cherchez la femme

Lola saß auf meinem Sofa und schäumte vor Wut. Mit einem einzigen Zug rauchte sie eine halbe Gauloise und spie mit funkelnden Augen den Rauch aus wie ein Drache.

„Ich gebe es auf, Baby, endgültig! Die Männer sind für mich ein abgeschlossenes Kapitel. Zwei von diesen, ach, wie soll ich sie nennen? – *emotionalen Kakerlaken* in einer Woche! Samstag lerne ich Peter kennen, der mir Sonntag – natürlich nachdem er sich die ganze Nacht an meinem Körper vergnügt hat – erklärt, er stehe eigentlich auf Transvestiten. Ich frage dich, Baby: Sehe ich aus wie eine Transe? Und dann dieser Typ im Bugs-Bunny-Sweatshirt, den ich Mittwoch in der Gemüseabteilung von Karstadt am Karottenstand getroffen habe. Er lud mich zum Abendessen ein: Karottensalat, Karottenmus und hinterher Karottenkuchen. Dann ging er kurz aufs Klo, und als er wieder rauskam, war er nackt bis auf ein Karottenröckchen. Das nenne ich Fetisch! Er wackelte mit der Nase wie ein Mümmelmann und sagte mit Kinderstimme: Laß uns rammeln, mein wildes Kaninchen. Ich gab vor, die Tollwut zu haben, und ergriff die Flucht. Baby, im Ernst – sehe ich aus wie ein Nagetier?"

Und das alles, ohne einmal Luft zu holen. Lola sog wieder eine halbe Zigarette in sich hinein, und ich nutzte die Gelegenheit, um ironisch zu fragen: „Und jetzt wirst du lesbisch?"

„Woher weißt du das?" hustete Lola verdutzt. „Genau das wollte ich dir gerade eröffnen. Lesbisch sein ist schick: Madonna, Sharon Stone und Cindy Crawford geben zu, es ausprobiert zu haben. Was denen recht ist, ist mir billig. Heute abend gibt es im Lesbenlokal „Walpurgis" eine Tanzparty, zu der auch Schwule und Heteros zugelassen sind. Ich hab zwei Karten für uns." Lola reckte trotzig das Kinn hoch: „Ich bin zu allem bereit!"

Ich saß schweigend mit hängendem Unterkiefer da. „Feminismus ist die Theorie, lesbischer Sex die Praxis!" rief Lola.

Abends traf ich sie vor dem „Walpurgis". Sie hatte sich zurecht gemacht wie Goldfingers Privatpilotin Pussy Galore: weiße Bluse, enge schwarze Lederhosen und Stilett-Pumps. „Na, wenn das den Lesben mal gefällt", zweifelte ich. „Früher wurden Frauen auf sexistisch hochhackigen Schuhen in sapphische Bars gar nicht reingelassen."

„Die moderne Lesbierin steht auf k.d. lang, nicht auf Joan Baez", erklärte Lola, nahm meinen Arm und zog mich in die Bar. Eine Türsteherin, die aussah wie Grete Weiser circa 1946, lächelte „guten Abend" und nahm uns die Karten ab. Das Ambiente war eher rustikal: Holztresen, schummeriges Rotlicht und viel Plüsch. Dazwischen tummelte sich das zahlreich anwesende und wild gemischte Publikum. Ich sah schmusende Heteros,

Männer, die Händchen hielten, und Frauen mit Bundeswehrhosen und Unterhemden in inniger Umarmung. Lola beugte sich über die Bar und rief der Bedienung (Glatze, ungefähr 25 Ohrringe, roter BH und Jeans) zu: „Zwei Wodka Martini, Schätzchen!" Die Tresen-Amazone schrie zurück: „Gerührt oder geschüttelt, Mr. Bond?" und stieß ein brüllendes Lachen aus. Aus den Lautsprechern röhrte Aretha Franklins *A Deeper Love.* Lola griff nach ihrem Drink, kippte ihn runter und stöckelte auf die Tanzfläche.

Ich versuchte mich an die Situation zu gewöhnen. So viele Frauen! Sie waren eindeutig in der Mehrzahl. Ihre weiblichen Düfte schwängerten die Luft und irritierten meine an Herrenparfums gewöhnte Nase. Im Vorübergehen streiften sie mich mit weichen Brüsten und langem Haar. Ein Mädchen im einteiligen roten Minikleid drängelte sich neben mir an die Bar und bestellte einen Pernod, an dem sie mit orange bemalten Lippen nippte.

„Auch ganz allein hier?" fragte sie. Ich war im Leben noch nie von einer Frau angesprochen worden.

„W-w-wer, ich?" stammelte ich erschrocken. Sie sah mir mit eisblauen Augen ins Gesicht und grinste:

„Ja, du, oder schiele ich?"

Ich war sprachlos.

„Diese offenen Abende sind wirklich spannend. Man weiß nicht, wer auf Frauen und wer auf Männer steht. Ich mag übrigens beides."

„B-b-beides?"

„‚Wenn man Austern mag, heißt das nicht, daß man deswegen auf Schnecken verzichten muß', sagte Laurence Olivier in *Spartakus*", raunte sie mit tiefer Stimme.

„Und was bin ich? Auster oder Schnecke?"

Bevor meine neue Bekannte antworten konnte, kam Lola auf uns zugestürmt. An der Hand zog sie eine hochgewachsene Rothaarige, Typ Milva, hinter sich her. „Das ist mein Freund Baby“, sagte Lola, „und das“ – dramatische Pause, verschwörerisches Blinzeln in meine Richtung – „ist Miriam.“

„Ich bin Sarah“, stellte sich die Pernod-Trinkerin neben mir ungefragt vor. Händeschütteln reihum. Lola flüsterte für alle deutlich hörbar in mein Ohr:

„Hast du etwa auch eine Frau aufgerissen?“

Sarah zog sich grinsend die orangefarbenen Lippen nach. Miriam legte Lola den Arm um die Schulter und bestellte eine Runde Martinis. „Die Lady weiß, was sich gehört“, meinte Lola, „mit Karotten muß ich bei der nicht rechnen.“

„Karotten?“ fragte Miriam und zog eine ihrer aristokratisch geschwungenen Brauen in die Höhe.

„Vergiß es“, sagte Lola errötend und stieß mit ihr an.

Sarah ließ ihr Glas gegen meines klingen und hauchte: „Auf neue Freunde.“

„Ähh … tja“, antwortete ich eher uninspiriert. Ich zog Lola an den Schultern zu mir und wisperte: „Treff mich auf der Toilette.“

Lola sah mich fragend an: „Herren oder Damen?“

„Keine Frage: Damen“, sagte Miriam.

„Unsinn: beides“, entgegnete Sarah strahlend.

Ich floh aufs Klo und wusch mir das Gesicht mit kaltem Wasser. Was geschah hier? Ich hatte den Überblick verloren. Lola wollte es mit einer Frau probieren, aber ich doch nicht! Und diese Sarah zog mich dauernd mit den Augen aus. Ich mußte an meinen Vater denken, der immer behauptete, nur zwischen Männern und Frauen könne es wirklich guten Sex geben, weil beide füreinander ein ewiges Geheimnis seien, das es zu ergründen gelte. Dann erschien mein Freund Karl vor meinem geistigen Auge und stöhnte augenrollend: „Es gibt zwei Dinge im Leben, Baby, auf die man sich verlassen kann: Barbra Streisand wird sich niemals die Nase operieren lassen, und Männer und Frauen passen nicht zusammen."

Lola unterbrach meine Gedanken: „Ich glaube, das ist das erste Mal, daß ich eine Herrentoilette betrete. Ein Abend voller Überraschungen! Ich hatte dich zuerst nebenan bei den Damen gesucht ...

„Ich leide heute, glaube ich, unter einer Damen-Überdosis", unterbrach ich.

Lola fragte: „Spüre ich da latente Frauenfeindlichkeit oder nur Angst vor der allmächtigen Vagina?

„Vagina? Kenne ich die? Eine Italienerin?"

„Ach, halt die Klappe, Baby. Ist das nicht klasse, daß dich auch eine Frau anbaggert? Wir können später Erfahrungen austauschen."

„Erfahrungen? Wie ich nach dem Penis gesucht habe und ihn nicht finden konnte oder was?"

„Sei nicht so verdammt schwul schwanzfixiert! Es lebe die polymorphe Perversität! Laß dich ruhig mal auf was Neues ein, Baby. In einer Stunde treffen wir uns wieder hier – mal sehen, wer dann weiter gekommen ist."

Sechzig Minuten später, auf der gleichen Toilette. Lola, leicht angetrunken und mit verschmiertem Lippenstift, fragte: „Und?"

Ich, verwirrt und aufgekratzt, antwortete: „Sie will mich mit nach Hause nehmen."

„Das will meine auch."

„Ich weiß nicht, ob ich mir das zutraue, Lola. Was machen Männer und Frauen eigentlich zusammen im Bett?"

„Das ist doch kein Problem. Aber was machen Frauen mit Frauen?"

„Hm, in der Situation könntest du vielleicht ein paar Karotten brauchen."

Lola quietschte: „Du bist unmöglich!"

Sie sah in den Spiegel, fuhr sich durchs Haar, zupfte ihren BH zurecht und fragte: „Trauen wir uns?"

In dem Moment traten Miriam und Sarah gemeinsam ein. „Wir haben euch vermißt. Was ist so faszinierend an diesem Klo?" wollte Sarah wissen.

Miriam gähnte theatralisch und blinzelte Lola zu: „Zeit fürs Bett."

Sarah tätschelte meinen Hintern und meinte: „Finde ich auch, Schneckchen."

Lola und ich sahen uns panisch in die Augen.

„Aber ...", sagte ich.

„Aber ...", sagte Lola.

„Kein Aber", sagten Miriam und Sarah im Chor.

Am nächsten Abend führten Lola und ich eines der ausgiebigsten Telefonate unserer langen Freundschaft. Lola erzählte: „Sie hat alle Bücher von Rita Mae Brown, zwei Katzen – oder, wie sie sagt, Kätzinnen –, und über ihrem Bett hängt ein zwei mal zwei Meter großes Poster von einer Klitoris."

„Von wem? Kenn ich die? Eine Griechin?"

„Halt die Klappe, Baby. Sie küßt besser als jeder Mann, mit dem ich geschlafen habe."

„Klitoris?

„Nein, Trottel, Miriam."

„Aber ohne kratzende Bartstoppel ist es einfach nicht dasselbe, oder?"

„Na ja, irgendwie hat was gefehlt – rein anatomisch. Miriam ist sehr schön, aber ein sinnlich gewölbtes Becken löst in mir nicht dasselbe aus wie ein knackiger Männerarsch. Und als sie dann anfing, mit Zellophanpapier rumzumachen – du weißt schon, wegen Safer-Sex – und mit ihren langen Fingern meine ..."

„Halt ein, Mädchen! Wo ist deine natürliche Scham?"

„Müßte ich mal nachsehen. Ich glaube, ich habe sie mit meinen Grundschulzeugnissen und dem Impfpaß in irgendeiner Schublade liegen. Ach, Baby, ich fürchte, ich kann keine Frauen lieben. Ich bin verflucht, auf ewig den verdammten Kerlen nachzusteigen."

„Und Miriam? War sie enttäuscht?

„Beim Frühstück hat sie mir erzählt, daß sie nur ein Abenteuer wollte und seit Jahren in einer festen Beziehung mit einer Studienrätin – Sport und Religion – lebt. Und jetzt will ich endlich wissen, wie es bei dir war!"

„Sarah ist ziemlich außergewöhnlich. Erinnerst du dich noch an Peter, den Typen, den du letztes Wochenende kennengelernt hast?"

„Der auf Transvestiten steht? Was hat der damit zu tun?"

„Sarah hätte gerne seine Telefonnummer."

„Heißt das etwa??"

„Entweder das, oder sie hat die größte Klitoris und den haarigsten Busen der Welt", sagte ich und hielt mit ausgestrecktem Arm den Hörer von mir weg, damit Lolas schriller Überraschungsschrei nicht mein Trommelfell sprengte.

Homo-Haustiere

Sie gingen Gassi mit mir. Zwei Hunde zerrten mich an ihren Leinen hinter sich her, rücksichtslos. Ich stolperte vor Laternenpfähle, rempelte gegen Rentner, trampelte kleine Kinder nieder – den Bestien war das alles egal. Wenn sie nicht hektisch rannten, pißten sie Bäume, Autoreifen oder – wie gerade eben – den weißen Stock des Blinden an, der neben uns am Zebrastreifen stand.

Ich hätte einfach nein sagen sollen, als mich Michael fragte, ob ich auf seine Höllen-Hunde aufpassen könnte, während er Urlaub in Marokko machte. Er hatte behauptet, sie seien „wohlerzogen". Ich hoffte, er würde mitten in der Wüste von zehn Arabern vergewaltigt und gevierteilt. Oder besser nur gevierteilt. Das Vergewaltigen würde ihm womöglich gefallen.

Ich hatte Michael in einem Lokal namens „Prügelknabe" kennengelernt. Im Hinterzimmer. Er trug nichts außer Halsband und Hundeleine. Wahrscheinlich eine von denen, die ich jetzt in der Hand hielt.

„Sitz! Und piß dem Herrn nicht an den Stock! Das gehört sich nicht!" schrie ich den Hund rechts von mir an, während sein Kumpan zur Linken hechelnd an einem Kinderwagen hochsprang. Die dazugehörige junge Mutter keifte mich an: „Vorsicht! Haben Sie nicht *Ein Schrei in der Dunkelheit* gesehen? Den Film, in dem Meryl Streeps Baby von einem Hund gefressen wird?"

Ich antwortete: „Meine mögen Mütter lieber" und floh über die Kreuzung, wobei ich ausnahmsweise einmal die Köter hinter mir herzog und nicht umgekehrt.

Es handelte sich übrigens um einen Rauhaardackel namens Cazzo, benannt nach dem Geschlechtsteil *(cazzo: ital.: Schwanz)* von Michaels italienischem Ex-Lover, dessen Durchmesser angeblich der Taille des Dackels entsprach, und Quickie, einen Beagle, der seinen Namen Michaels bevorzugter Sexualtechnik verdankte. Bei Schwulen muß ja immer alles etwas mit Sex zu tun haben, sogar die Haustiernamen. Ich kenne einen Geschichts-Studenten, dessen zwei Wasserschildkröten vor seinem Coming-out Napoleon und Lafayette hießen, und danach in Jeff und Stryker umbenannt wurden.

Unsanft wurde ich aus meinen Gedanken gerissen. Cazzo war vor einer Hecke stehengeblieben, schnüffelte und rührte sich nicht vom Fleck, während Quickie dynamisch in die Ferne galoppierte. Beide Leinen spannten sich, und ich fühlte mich wie auf einer Streckbank.

„Quickie!" rief ich. „Komm her! Quickie! Sofort!"

Eine Dame im Kunstpelz, die vor uns promenierte, drehte sich um und zischte: „Wie können Sie es wagen! Wofür halten Sie mich? Sie Strolch!"

Was mich an Susi und Strolch erinnerte. Ach, waren das süße Hundileins. Aber die waren ja auch gezeichnet. Und heterosexuell. Quickie und Cazzo dagegen – beides Rüden – waren stockschwul. Offenbar hatte Herrchen zu oft die Schlafzimmertür offen gelassen. Was die Tiere da sahen, müssen sie gemocht haben, denn sie fielen in regelmäßigen Abständen übereinander her. Ein Gelecke, Gejapse und Gesabbere – schlimmer als in jedem Sauna-Darkroom. Wahrscheinlich irritierte es mich nur, weil ich neidisch war. Tief in meinem Unbewußten verzehrte ich mich nach öffentlichem Verkehr im Einkaufszentrum. Ich sah ihnen ein paar Minuten gedankenversunken zu. Hundepenisse haben eine beunruhigende Ähnlichkeit mit Peperoni – was mich daran erinnerte, daß ich Gemüse einkaufen mußte, bevor die Geschäfte zumachten.

„Beeilt euch. Los, los! Abspritzen!" befahl ich. Das hätte ich nicht tun sollen. Auf das Kommando besprangen die Hunde meine Schienbeine und rieben sich an meiner Hose. Ich wagte kaum zu überlegen, ob Michael ihnen das beigebracht hatte. Und was für Tricks sie sonst noch drauf hatten. Als letzte Rettung für meine Jeans (oder wäscht *Persil Megaperls* auch Hundesperma raus?) zückte ich zwei Stück Hundekuchen, deren bloßer Anblick die beiden erotisierten Zerberusse in brave Lämmchen verwandelte. Sie zogen ihre Peperoni ein und wedelten mit dem anderen Schwanz. Ich fütterte sie und fragte mich, was an Hundekuchen so toll war. Ob ich mal probieren sollte? Naja, schmeckte wie Sand mit *Maggi*.

Vor dem Supermarkt band ich die Hunde unter einem Schild an, auf dem *Wir müssen leider draußen bleiben* stand und das mit einem niedlichen Pudel illustriert war. So ein Pudelchen, elegant frisiert, vielleicht noch rosa eingefärbt, war das klassische Homo-Haustier – wenn man dem Klischee glauben will.

In Wirklichkeit ist das anders. Der Homosexuelle von heute neigt zum Exotischen. In meinem Bekanntenkreis gibt es einen Tekkno-Freak mit Boa Konstriktor (die sich nach einer Viertelpille Ecstasy im Sven Väth-Rhythmus ringelt), einen Deutschlehrer, dessen Tarantel ihm, wenn er liest, so aufmerksam auf der Schulter sitzt, als würde sie mitlesen („Aber nur bei schwarzafrikanischen Autoren“, behauptet er) und ein Pärchen, das sich zwei Wüstenspringmäuse (Heloise und Abelard) hielt. Diese Tierchen sind sich nicht nur – wie Schwäne – ein Leben lang treu, sondern brauchen auch viel Aufmerksamkeit. Man sollte täglich mit ihnen spielen. Dabei ist Vorsicht geboten, sonst kann es, wie bei meinen Freunden, zu häuslichen Tragödien kommen. Einer von ihnen setzte sich beim Spiel mit den Mäusen versehentlich auf Heloise, was diese nicht überlebte und was Abelard derart deprimierte, daß er die Nahrungsaufnahme verweigerte und an gebrochenem Herzen dahinsiechte. Auch eine neue Gefährtin (ein scharfes Mäuschen namens Carmen) konnte ihn nicht aufheitern. Abelard starb, woraufhin Carmen melancholisch wurde und selbst die delikatesten Trockenheuschrecken nicht mehr essen wollte .... Ein endloser Kreislauf des Leides. Man sollte eine Oper darüber schreiben.

Als ich an der Kasse meine Einkäufe aufs Band legte (Peperoni waren nicht dabei), hörte ich Quickie und Cazzo jämmerlich jaulen. Sie zogen eine Show ab, als würde ich sie regelmäßig schlagen und nie füttern.

„Ich bin ja gleich da!“ flötete ich.

Die Kassiererin sah mich vorwurfsvoll an: „Ihre Hunde?“

Bevor ich antworten konnte: ein herzzerreißendes Kläffen von draußen.

„Tiere brauchen Liebe“, sagte sie streng. „Dreiundzwanzig achtzig. Wenn sie so heulen, läßt das auf tiefe seelische Grausamkeit des Herrchens schließen. Ich habe selbst drei Spaniel. Die heulen nie. Weil sie wissen, daß sie geliebt werden. Sie sollten die Hunde zur Adoption freigeben. Überall hätten sie es besser als bei Ihnen. Eins zwanzig zurück."

Hochrot und mit gesenktem Kopf verließ ich den Laden. Als ich Quickie und Cazzo losband, streichelte ich sie und lächelte um Bestätigung heischend zu der Kassiererin herüber. Aber da die Biester nicht aufhörten zu winseln, runzelte sie nur die Stirn. Also wieder Hundekuchen. Sofort ging das Jammern in freundliches Wedeln und Hecheln über. Stolz führte ich meine glücklichen Hunde aus dem Einkaufszentrum. Von wegen seelisch grausam – Baby, das Musterherrchen!

„Es dämmert schon, ihr kleinen Racker. Jetzt gehen wir brav nach Hause", säuselte ich. Quickie und Cazzo ignorierten mich und drängten heftig in Richtung Park. Ich resignierte.

Im Park ließ ich sie von der Leine. Doch anstatt im sanften Lichte des Sonnenuntergangs über die grünen Wiesen zu tollen, stürzten sie sich sofort ins Gebüsch. Ich hatte vergessen, daß es sich hier nicht um Lassie und Rin Tin Tin handelte, sondern um ein Köterpaar, das dem umtriebigsten Lederschwulen gehörte, den ich kannte. Cazzo apportierte begeistert benutzte Kondome und Papiertücher, während Quickie aus dem Unterholz heraus Alarm bellte. Die beiden Gründe für das Gekläffe sprangen, hysterisch ihre Hosen zuknöpfend, aus dem Gebüsch.

„Wieder diese Monstertölen!" hörte ich den einen schimpfen. „Michael muß hier irgendwo in der Nähe sein."

„Det Vieh hat mein Schlüpper!" beschwerte sich der andere. „Nikos! Weeßte, wat det kostet?" Quickie legte mir freudig wedelnd eine scheußliche Unterhose (metallicgrau und völlig überdesignt) vor die Füße, die ich mit einem raschen und dezenten Fußtritt hinter einem Strauch verschwinden ließ. Was Michael seinen Hunden so alles beigebracht habe …

Ich nahm Quickie an die Leine und suchte Cazzo, der im Gebüsch verschwunden war. Es wurde dunkler, die Zweige dichter.

„Cazzo?“ rief ich leise und wedelte mit einem Stück Hundekuchen, „Cazzo?“ Aus dem Schatten löste sich ein unrasierter Mann im Karohemd.

„*Sì*“, flüstert er. „Cazzo hier. Komm. Du anfassen.“

Bevor ich reagieren konnte, raste Cazzo auf mich zu, sprang an mir hoch und schnappte den Hundekuchen aus meiner Hand. Beim Griff nach seinem Halsband verlor ich die Balance und landete auf den Knien. Ich rang den Dackel nieder und leinte ihn an. Als ich aufblickte, ragte mir direkt vor dem Gesicht ein Schwanz entgegen. Der sah nicht aus wie Peperoni. Seine Dimensionen glichen eher einer Schlangengurke.

„Gut Cazzo“, schnurrte es über mir. Eine Hand legte sich auf meinen Hinterkopf und zog mich näher heran. Die Hunde zerrten in die andere Richtung. Sie waren stärker, sie waren zu zweit.

„*Scusi,* meine Hunde brauchen mich“, bedauerte ich.

„*Fan culo!*“ fluchte es aus dem Dunkeln, als wir zurück auf den Parkweg stolperten.

Dann waren Quickie und Cazzo ganz brav, wahrscheinlich vor Erschöpfung. Eigentlich mochte ich sie gern. Man erlebt so viel mit Haustieren. Ob ich mir eins anschaffe? Oder zwei? Besser nicht. Mein Freund Karl sagt immer: „Wozu braucht man ein Tier, wenn man einen Lover hat? Der streichelt zurück, und du brauchst ihn nicht zu füttern.“

Recht hat er.

Melancholy Baby

Ich stand in der Disco und war depressiv. Tränen verwässerten meinen Wodka Martini. Das machte mich traurig. Salzige Martinis sind echt zum Heulen. Und diese Musik! Ist der eintönige House-Rhythmus nicht ein Sinnbild der tristen Monotonie des Daseins? Meine Lebensfreude grenzte an die von Kafka. Und ich hatte keine Ahnung, warum. All meinen Freunden ging es ähnlich: Regelmäßig stürzten sie ohne spezifische Gründe in einen Abgrund von Melancholie. Der gewöhnliche Homosexuelle neigt anscheinend zu unerklärlichen Schwermutsanfällen. Es gibt natürlich Gegenmittel: Frank geht Schuhe kaufen; Andreas schließt sich ein und hört Carpenters-CDs bis zur Besinnungslosigkeit; Christian geht in die Sauna, sucht sich den unattraktivsten Mann aus und gibt sich ihm hin. Hinterher fühlt er sich besser, weil er meint, etwas Karitatives getan zu haben. In der Sauna ist Christian als „Mutter Theresa des Oralsex“ bekannt.

Ein ziegenbärtiger Tekkno-Typ kam auf mich zu und sagte:

„Lach doch mal."

Ich fragte: „Worüber?"

Er zeigte sich mit dem Daumen auf die Brust. Auf seinem hautengen Lycratop stand: *Life is fun.*

Ich seufzte. „Das Leben", sagte ich, „ist keine Party. Schau dich doch um: Hunderte von einsamen Männern haben sich hier versammelt, getrieben von der Hoffnung, ein wenig Zuneigung zu finden. Ein falsches Lächeln, flüchtige Berührungen im Dunkeln, vielleicht eine Nacht voll vergänglicher Leidenschaft. Und am nächsten Wochenende das gleiche – ein ewiger Kreislauf der Verzweiflung."

Der Ziegenbart prustete los, haute mir auf die Schulter und kreischte: „Schätzchen, du bist wohl lange nicht mehr richtig durchgenommen worden!"

Draußen vor der Disco war es kalt, Rauhreif bedeckte die Bäume, kein Mond stand am Himmel. Über die verlassene Straße watschelte eine Ente, die sich vom nahegelegenen Fluß hierher verlaufen haben mußte. Sie ließ den Kopf hängen und zitterte. Die einsamste Ente, die ich je gesehen hatte.

Ich schlenderte nach Hause und versuchte, Gründe für meine Melancholie zu finden. War ich bedrückt, weil das Shirley-Bassey-Konzert ausverkauft war? Weil mir Levis 501 wegen meiner gebärfreudigen Hüften grundsätzlich nicht paßten? Weil *Abba* nicht mehr zusammen waren?

Kopfschüttelnd schloß ich meine Wohnung auf, schälte mich aus meiner dicken Lederjacke, goß einen Sherry ein und schaltete den Fernseher an. Es lief *Herbstsonate* von Ingmar Bergman. Liv Ullmans Seelenpein sprengte fast den Bildschirm. Ich schaltete um. Geraldine Page beging einen Selbstmordversuch in Woody Allens *Innenleben.* Augenrollend hackte ich auf die Fernbedienung ein und landete in der *Schwarzwaldklinik.* Das war nun wirklich zu deprimierend. Ich schaltete aus und ging schlafen.

Im Traum erschien mir die Ente, erzählte, sie sei homosexuell veranlagt und trage sich mit Selbstmordgedanken, weil es a) keine Schwulenbars für Erpel gebe und sie b) sowieso unglücklich in einen Schwan verliebt sei.

Ich wachte schweißgebadet auf. Der Suizidgedanke spukte durch meinen Kopf. Aber wie soll man stilecht den Vorhang fallen lassen? Mit einer Überdosis Schlaftabletten sanft vor einem Kristen-Björn-Video entschlummern oder im Darkroom vom „Stiefelknecht" drei Flaschen Poppers schlucken? Mit Maria Callas als „Lucia di Lammermoor" auf dem Walkman von einer Brücke springen oder lieber eine öffentliche Selbstverbrennung im Kanzleramt inszenieren (wo vielleicht der ein oder andere Politiker Feuer fängt)? Ich schlief wieder ein. Die Ente quakte und zeigte mir den Vogel.

Frühstück am nächsten Morgen: Draußen nebelte es vor sich hin, meine Milch war sauer und die Cornflakes schmeckten fürchterlich mit Sherry. Ich sah in den Spiegel und weinte angesichts eines dicken Pickels auf meiner Stirn, der aussah wie der kleine Bruder eines fauligen Granatapfels. Ein Schleier wäre die Lösung. Ich sollte Nonne werden. Ein weiterer Vorteil des Klosterlebens (neben der Verschleierung): Selbstgeißelung ist angeblich ideal, um düstere Gedanken zu vertreiben …

Nachdem ich halbherzig versucht hatte, mich zuerst mit einem violetten *Hermès*-Gürtel und dann mit einem Knirps zu kasteien, war ich immer noch deprimiert. Ich zog mich an und spazierte zum Fluß. Zwischen Eisschollen schwamm der Erpel, den ich am traurigen Blick und dem hängenden Bürzel sofort wiedererkannte. Er ruderte auf eine Schleuse zu, ein dunkles Loch im Beton, in das gurgelnd das Wasser hinabstürzte. Ich winkte und schrie: „Tu es nicht!", aber da hatte der Sog ihn schon erfaßt. Der Erpel ging unter; der Schwan muß ihn wieder einmal abgewiesen haben.

Seufzend schleppte ich mich zu einer Bank. In meiner Jackentasche fand ich ein Buch, das mir mein Lebensabschnittsbegleiter Rick, der ausgerechnet an diesem Wochenende verreist war, geschenkt hatte: *Der Fremde* von Camus. Ich las den ersten Satz: „Heute ist Mama gestorben, vielleicht auch gestern, ich weiß es nicht." Ich hätte lieber *Das große Heinz-Erhard-Buch* einpacken sollen.

Frustriert schlurfte ich zu einer Telefonzelle. Das Buch hatte mich auf die Idee gebracht, meine Mutter anzurufen. Sie lebte noch. Ich erzählte ihr, daß ich Zeuge eines Entenselbstmordes geworden war.

„Enten bringen sich nicht um, Baby. Was du gesehen hast, war ein tragischer Unfall", meinte Mutti. „Ich habe jetzt wenig Zeit zu plaudern, ich backe gerade einen Kuchen, und wenn der wieder nicht aufgeht, kannst du einen echten Suizid erleben. Dann stürze ich mich nämlich in einen Tortenheber!"

Ich legte auf und spazierte weiter den Fluß entlang. Eine Bilderbuchfamilie kam mir entgegen: Papi, Mami, zwei Kinder. War ich vielleicht unglücklich, weil mir die Freuden der Fortpflanzung versagt blieben? Das eine Kind biß das andere ins Ohr, die Mutter schrie, der Vater zog eine Schnapsflasche aus der Manteltasche und nahm resigniert einen Schluck.

An meiner Kinderlosigkeit konnte die Melancholie nicht liegen …

Eng aneinandergeschmiegt, in dicke Pelzmäntel gehüllt, saß ein Rentnerpaar auf einer Bank unter einer Weide und las gemeinsam in einem Buch. Sicher sind sie seit sechs Jahrzehnten verheiratet, immer füreinander dagewesen, in guten wie in schlechten Tagen – während eine homosexuelle Beziehung durchschnittlich zwischen dreißig Sekunden und sechs Monaten dauert. Jetzt genießen die beiden Alten zusammen den Winter des Lebens und schmökern im Park, wahrscheinlich Tucholsky oder Erich Kästner.

Ich pirschte mich näher heran und erkannte, daß das Paar aus zwei Männern bestand, die insgesamt locker 170 Jahre alt waren. Sie hatten jeweils eine Hand unter den Mantel des Anderen gesteckt und lasen leise kichernd ein mir bisher unbekanntes Werk mit dem Titel *Willige Knaben-Stuten.* Meine Laune begann sich aufzuhellen: Die Greise gefielen mir. Ich spazierte wieder zurück, als mir eine tragische Gestalt im langen schwarzen Mantel begegnete, die mir bekannt vorkam. Das Gesicht des Mannes war von einem Schal verhüllt, die Mütze tief in die Stirn gezogen. Er rauchte. Als er näher kam, erkannte ich meinen alten Freund Karl an dem ihm eigenen Geruch nach Mentholzigaretten, *Nivea* und *Coco* von Chanel.

„Ach Baby," stöhnte er, „schön dich zu sehen, aber laß mich lieber allein. Ich bin so unendlich deprimiert. Und ich möchte wirklich nicht darüber reden. Michael war gestern bei mir, mit seinen beiden Kötern Cazzo und Quickie. Wir wollten einen ruhigen Abend mit Kerzenlicht und Barbra-Streisand-Platten verbringen. Aber ich will dich nicht damit nerven. Jedenfalls breitete ich, wie das so meine Art ist, zeremoniell alle meine Barbra-LPs auf dem Teppich aus, um auszusuchen, mit welcher wir beginnen, als Cazzo und Quickie aus dem Schlafzimmer gewankt kamen – oh, ich kann darüber einfach nicht sprechen. Die Bestien hatten meine Familienpackung KY gefressen und übergaben sich ausgiebig und minutenlang. Bevor ich sie vor die Tür treiben konnte, wurden meine Streisand-Devotionalien aufs Entsetzlichste besudelt und entweiht. Ich stand die ganze Nacht in Gummihandschuhen mit einem Schwämmchen an der Spüle und versuchte zu retten, was zu retten war. Aber ehrlich, Baby, ich sag lieber nichts, ich will dich nicht belasten. Du siehst nicht besonders gut aus. Bist du deprimiert?"

„Ich habe gerade erlebt, wie eine Ente Selbstmord begangen hat, hier direkt vor uns, an der Schleuse", antwortete ich leise.

„Eine Ente deprimiert dich? Eine blöde Ente? Hat dir schon mal jemand auf deine Barbra-Platten gebrochen?" kreischte Karl, als plötzlich mein Erpel aus der Schleuse flatterte. Er landete auf dem Wasser, ließ sich erneut vom Wasserstrudel in das Betonloch ziehen und flog einige Augenblicke später wieder daraus hervor.

„Diese vergnügungssüchtigen Viecher", meckerte Karl. „Ständig spielen sie hier herum. Rutschen rein in die Schleuse, flattern raus, stundenlang. Im Volksmund heißt sie schon ‚das Entenkarussell'."

Ich merkte, wie sich zum ersten Mal seit Tagen ein Lächeln auf meinem Gesicht breit machte. Ich legte Karl den Arm um die Schulter.

„Laß uns zu dir gehen und angekotzte Barbra-Platten hören. Ich geb eine Flasche Sherry aus", schlug ich vor. Im Gehen winkte ich der verspielten Ente zu.

Intim geschmückt

Letzte Woche war ich mit Karl im *Take That*-Konzert. Eingekeilt zwischen schreienden, schwitzenden Mädchen von zwölf bis fünfzehn Jahren mußten wir feststellen, daß die englischen Herzensbrecher zwar ganz okay aussehen, aber doch nicht die makellosen Halbgötter sind, als die sie in ihren Videos erscheinen.

„Die haben ja Pickel!“ schrie mir Karl zu, während hinter ihm eine 180pfündige Teenagerin im *Take That*-Delirium zu Boden ging. Und noch ein anderes Detail fiel Karl zum ersten Mal ins Auge: „Einer von denen hat einen Ring in der Brustwarze! Wie geil!“

„Ich kann damit nichts anfangen“, brüllte ich über die tosende Musik zurück. „An einem Nippel mit Ring zu knabbern ist doch, wie beim Schokolade-Essen auf Staniolpapier zu beißen!“

Das konnte Karl aber nicht hören, weil *Take That* gerade in eine besonders erotische Choreographie übergingen, was von heiseren Schreien aus Tausenden von Mädchenkehlen begleitet wurde. Rings um uns fand eine Art kollektiver Orgasmus ohne Anfassen statt. Ich beneidete mal wieder die Frauen. Welcher Mann kann schon derart vergehen, wenn er das Objekt seiner Begierde nur sieht – und das aus zwanzig Meter Entfernung. Ich schaute zu Karl herüber. Er warf ekstatisch den Kopf zurück, ließ die Zunge baumeln wie ein Rottweiler und zuckte wild mit den Hüften. Die Unterschiede zwischen Frauen und Männern sind vielleicht doch nicht so groß …

Seit dem Konzert ist Karl besessen von der Idee durchstochener primärer oder sekundärer Geschlechtsorgane.

„Was mich angeht, habe ich mit Intimschmuck nur schlechte Erfahrungen gemacht“, gestand ich ihm bei einem Gläschen Sherry in seiner Küche.

„Du bist gepierct?“ fragte Karl und verschluckte sich.

„Nein, aber ich hatte doch mal diese Drei-Wochen-Geschichte mit Hannes; du weißt schon, der Schuhverkäufer, der an guten Tagen aussieht wie Michael Bolton und an schlechten wie Thomas Gottschalk. Also, der stand auf Cockringe und wollte mir unbedingt einen verpassen. Ich probierte seinen an, aber der war mir zu groß. Für unser nächstes Treffen besorgte mir Hannes deshalb einen Stahlring, der eine Nummer kleiner war. Ich kann dir sagen, Karlchen, es war eine Tortur. Das Gerät war viel zu eng. Meine Eier liefen blau an, und im Schwanz, der allerdings stand wie eine Eins, hatte ich keinerlei Gefühl mehr. Als Schuhverkäufer hätte Hannes doch wissen müssen, daß man es erst einmal mit einer Zwischengröße versucht!

„Typisch Baby“, seufzte Karl. „Jeder Idiot kann heutzutage mit Cockringen umgehen, aber du bringst dich damit fast über den Jordan.“

„Was ich viel spannender finde als Piercing, sind Tätowierungen“, wechselte ich das Thema. „Seit Monaten überlege ich, ob ich mir nicht Tim auf die eine Pobacke und Struppi auf die andere tätowieren lassen soll."

„Fürchterlich – was glaubst du, wie das in zwanzig Jahren aussieht?"

„Wieso, Tim und Struppi sind doch zeitlos."

„Aber deine Arschbacken nicht", grinste Karl und goß sich noch einen Sherry ein.

„Laß meinen Hintern nur meine Sorge sein", sagte ich. „Hast du übrigens Lust, mit schwimmen zu gehen?"

„Eigentlich schon, aber ich kann nicht. Ich hatte auch was mit diesem Schuhverkäufer ..."

„Und deshalb kannst du nicht mehr schwimmen?"

„Na ja, weißt du", stammelte Karl sichtlich verlegen, „Hannes hat inzwischen einen Ring in der Brustwarze, genau wie dieser Kleine von *Take That.* Und als wir es – äh – taten, machte ich an seinem Ring rum, und er stöhnte wie Donna Summer in *Love to love you, Baby* und wand sich vor Wollust. Ich war ziemlich fasziniert und wurde langsam aber sicher neidisch und ..."

„Nein!" rief ich. „Du hast dich auch durchstechen lassen! Laß sehen!" Ich stürzte mich auf Karl und zerrte sein Hemd aus der Hose. Er setzte sich heldenhaft zur Wehr, aber ich hatte einen Überraschungsvorteil. Blitzschnell schob ich ihm das Hemd bis zum Schlüsselbein hoch. Auf seiner linken Brustwarze klebte ein großes Pflaster.

„Was – was ist denn passiert?" fragte ich verwundert.

Karl ordnete pikiert seine Kleidung: „Da du es jetzt ohnehin schon gesehen hast: Es gab ein kleines Mißgeschick. Ich fand es peinlich, zum Arzt zu gehen, um mir einen Brustring verpassen zu lassen. Also habe ich es selbst versucht. Zuerst eine Viertelstunde lang einen Eisbeutel auf den Nippel gehalten und dann eine Nadel in die Kerzenflamme ..."

„Bist du völlig irre?“ unterbrach ich. „Was ist denn das für eine Maso-Nummer?“

„Es hat ja nicht geklappt, Baby. Ich hab mich zwar gelöchert, aber nach ein paar Stunden mußte ich den Ring wieder herausnehmen, weil sich die Brustwarze entzündete und schrecklich weh tat. Dann bin ich doch zum Arzt und habe gesagt, ich sei von zwei unheimlichen Männern mit Sonnenbrillen und Pudelmützen überfallen, betäubt und entführt worden, und als ich am nächsten Morgen im Rinnstein aufwachte, hätte ich dieses seltsame Loch in meiner Brustwarze gehabt – ohne mich erinnern zu können, wie es da hinkam.“

Ich stöhnte und kippte meinen Sherry.

„Der Arzt meinte, wenn ich mich schon verstümmeln würde, sollte ich wenigstens dazu stehen und mir keine schwachsinnigen Lügengeschichten ausdenken.“

„Unerhört!“ warf ich ein. „Wie konnte er nur deine unglaublich authentisch wirkende Story anzweifeln?“

„Erspar mir deine Ironie, Baby. Es tut noch immer weh, und ich muß mir jeden Tag eine desinfizierende Salbe auf den Nippel schmieren.“

Ich tröstete den armen Karl so gut es ging über sein selbstauferlegtes Martyrium hinweg und machte mich dann sehr nachdenklich in Richtung Schwimmbad auf. Was Menschen sich nicht alles antun für einen Erotik-Kick …

Im Hallenbad hatte jeder gutaussehende Typ, den ich mir näher ansah, entweder einen Ring in der Brustwarze oder eine Tätowierung. Eine Epidemie, dachte ich mir, ganz ähnlich wie diese Kotelettenpflicht für Schwule, die seit zwei Jahren grassiert.

Da ich sehr schlecht schwimme, lerne ich im Schwimmbad eigentlich immer Leute kennen – diejenigen nämlich, in die ich chlorblind, hustend und zappelnd frontal hineinschwimme. (So habe ich nicht nur die ein oder andere Rentnerin versenkt, sondern auch einige sehr nette Bekanntschaften gemacht.) Heute rammte ich einen wirklich außergewöhnlichen jungen Mann, der aussah wie aus Leni Riefenstahls Olympiafilm: athletischer Körper, stahlblauer Blick, blondes Haar. Bei der momentanen politischen Lage in Deutschland war es mir als Homosexuellem mit Politbewußtsein ein wenig unangenehm, daß ich dieses Musterbeispiel faschistoider Ästhetik erotisch fand. Aber wer aussieht wie von Arno Breker gemeißelt, muß ja nicht unbedingt ein Neonazi sein. Abgesehen davon, verfing sich bei unserem Zusammenstoß mein Fuß in seiner gut gefüllten Badehose, und so war es kaum zu vermeiden, daß wir ins Gespräch kamen. So was verbindet eben – wievielen Menschen steckt man schon die Zehen zwischen die Genitalien?

Am Beckenrand sitzend, stellten wir uns erst einmal vor: Mein neuer Bekannter hieß Wadek und kam aus Polen. Die feuchte Karambolage, die ich verschuldet hatte, nahm er mir gar nicht übel – glücklicherweise. (Ich bange vor dem Tag, an dem ich im Wasser einen schlechtgelaunten Kranführer und Hobbyboxer ramme ...)

Ich ließ meine Blicke über Wadeks wunderbaren Körper wandern und entdeckte – natürlich – einen Ring in seiner Brustwarze und eine Tätowierung: Über seine Schulter galoppierte ein mit Pfeil und Bogen bewaffneter Zentaur. Darunter war das astrologische Symbol für das Sternzeichen „Schütze" zu sehen. „Du bist also Schütze?" fragte ich, und Wadek errötete.

„Das fragt mich jeder. Aber ich bin Fisch."

„Fisch? So wie du schwimmst, wundert mich das nicht. Äh ... aber", drängte ich indiskret, „wie kommst du dann zu dem Zentauren?"

Wadeks Farbe wechselte ins tiefe Dunkelrot. Er erklärte: „Ich war in einem Tätowierstudio und suchte mir ein Motiv aus. Der Schützen-Zentaur gefiel mir am besten, und so sagte ich dem Tätowierer, er solle mir den verpassen und das Sternzeichensymbol einfach weglassen. Aber ich konnte nicht mitansehen, wie der mit seinen Nadeln in meiner Haut rumstocherte – ich bin ein wenig sensibel. Also starrte ich die ganze Zeit an die Wand, und als ich wieder hinschaute, war das Symbol schon eintätowiert. Der Typ hatte mir einfach nicht zugehört."

„Jetzt bist du also für den Rest deines Lebens Schütze", resümierte ich und entschied in dieser Sekunde, daß ich mich – Tim hin, Struppi her – doch nicht tätowieren lassen würde.

„Oh nein", grinste Wadek, „mein richtiges Sternzeichen habe ich mir auch noch tätowieren lassen."

Ich schaute ihn von oben bis unten an und konnte keine Fische finden.

„Wo schwimmen sie denn?" fragte ich.

„Du warst schon ganz nah dran – aber leider nur mit deinem Fuß", verriet Wadek.

„Ein Aquarium in der Hose – das muß ich wohl noch näher untersuchen", sagte ich und zupfte sanft an seinem Nippelring.

Bloß keine Eifersucht!

Nichts liegt mir ferner als Eifersucht. Wie ich mal in irgendeinem Film hörte, ist sie völlig überflüssig: „Wenn Eifersucht unbegründet ist, macht sie keinen Sinn, und ist sie begründet, dann ist es ohnehin zu spät." Wahrscheinlich äußerte dieses Wort – das es verdient, geflügelt zu werden – Doris Day in irgendeiner ihrer Sechziger-Jahre-Grotesken, in denen es um nichts anderes als Seitensprung, Eifersucht und Hysterie geht.

Ich gedachte der Maxime der guten Doris, während ich allein auf meiner Couch saß. Die Betonung liegt auf „allein". Mein Freund und Liebhaber Rick hatte an diesem Abend keine Zeit für mich. Nicht, daß mir das etwas ausmachte. „Pöh!", wie Daffy Duck sagen würde. Rick hatte Besuch von seinem Ex-Freund, einem James aus Birmingham, mit dem er, „um der alten Zeiten willen", einen ungestörten Abend verbringen wollte.

„Baby, du wärst nur ein fünftes Rad am Wagen", hatte Rick erklärt, „wir reden von Leuten, die du nicht kennst, und gemeinsamen Erlebnissen. Es würde dich langweilen."

Ich war ja nicht neugierig, aber was für „gemeinsame Erlebnisse" mochten das wohl sein, von denen ich nichts erfahren durfte? „Hm?!" würde Doris Day fragend grunzen, die Augenbrauen runzeln und das Kinn vorschieben.

„James und ich haben uns soviel zu erzählen. Es wird bestimmt spät. Ich melde mich erst morgen im Laufe des Tages wieder, Schätzchen." So hatte Rick mich ausgebootet. Raffiniert. Schamlos. „Schätzchen" nannte er mich sonst nie. Das hatte was zu bedeuten. Als ob er und James sich wirklich nur „viel erzählen" würden! Wenn ich eifersüchtig wäre, würde mich die Situation ganz schön nervös machen.

Ich steckte mir die vierzehnte Zigarette in 30 Minuten an und sah auf die Uhr: kurz nach acht. Jetzt gingen sie gerade aus dem Haus. Zum Abendessen hatte Rick das Restaurant „Toro" ausgesucht. Spanisch. Scharf. Mit viel dunklem, enthemmendem Rotwein. Ich seufzte, steckte eine Zigarette zwischen die Lippen und bemerkte, daß da schon eine hing. Egal, dachte ich trotzig, rauche ich eben zwei gleichzeitig. Und dann kaute ich auch noch an den Nägeln. Das soll mir erst mal einer nachmachen.

Die Nachbarn hämmerten gegen die Wand, weil mein hektisches Auf- und Abrennen durch die Wohnung sie nervte. Also gut, bitte, ich brauche ohnehin frische Luft. Nichts wie raus hier.

Ziellos spazierte ich durch die Straßen. Ganz zufällig kam ich am „Toro" vorbei. Ich lief dreimal um den Block, bevor ich mich entschied, einzutreten. Rick saß mit einem Typ am Tisch, der aussah wie Rock Hudson ca. 1953. So schön, daß einem die Augen weh taten. Wieso hatte er sich von dem getrennt? Bestimmt nur wegen der örtlichen Entfernung. Und wie er ihm mit seinem Glas voll schwerem Rotwein (ich wußte es!) zuprostete – widerlich!

Bevor Rick mich bemerken konnte, schlich ich mich geduckt und tippelnd (wie Doris Day als *Spion in Spitzenhöschen)* an einen strategisch günstig gelegenen Tisch und versteckte mich hinter einer Tageszeitung, die ich ganz zufällig dabeihatte. Mit meiner Zigarette brannte ich ein Loch in das Papier, durch das ich die beiden Turteltauben ungestört beobachten konnte. Der Kellner – lichtes Haupthaar, dicke Brille, Bauchansatz – trat an meinen Tisch. Ich bestellte ein Mineralwasser – jetzt hieß es schließlich, einen klaren Kopf behalten.

„Ist alles in Ordnung mit Ihnen?“ fragte der Ober.

„Selbstverständlich“, flüsterte ich und setzte eine große Sonnenbrille auf. „Lassen Sie mich in Ruhe, ich darf nicht auffallen!“

„Dann sollten sie die Zeitung nicht verkehrt herum halten.“

Leise schimpfend drehte ich das Blatt um. Wenig später servierte der Kellner mein Wasser. „Sie sind von der Polizei?“ spekulierte er.

Ich versuchte, abzuwinken, aber er war hartnäckig: „Privatdetektiv? MAD? Wenn Sie Unterstützung bei Ihren Nachforschungen brauchen – ich habe alle James-Bond-Filme gesehen. Und Kung-Fu an der Volkshochschule belegt.“

„Dann haben Sie die Zitronenscheibe in meinem Glas bestimmt mit der Handkante geschnitten, oder?“

Er sah mich todernst über seinen Brillenrand an und sagte: „Nein, aber ich wäre ohne weiteres dazu in der Lage.“

Glücklicherweise rief Rick „Zahlen!“, und der Kellner zog ab, nicht ohne mir vorher verschwörerisch zuzublinzeln. Rick lud James ein. Keine getrennte Rechnung – wie intim! Ich fischte die Zitronenscheibe aus meinem Mineralwasser und zermalmte sie grimmig mit den Zähnen. Im Gehen legte James die Hand um Ricks Schulter.

Empört spuckte ich die Zitrone aus und gestikulierte nach dem Kellner. Er lächelte wissend: „Ah, die beiden kamen mir gleich verdächtig vor. Der eine ist Ausländer! Waffenschmuggler vielleicht? Mädchenhändler? Und wissen Sie was, Herr Kommissar, ich glaube, die sind homosexuell! Also finsterstes Halbwelt-Milieu. Sie sind bestimmt auf der richtigen Spur. Nein, nein, lassen sie nur, das Wasser geht aufs Haus."

Ich bedankte mich und floh.

Rick und James schlenderten vertraut nebeneinander die Straße entlang. Ich hielt Abstand und beobachtete sie durch mein Opernglas, das ich ganz zufällig dabeihatte. Sie näherten sich Ricks wenige Blocks entfernter Wohnung. Ich nahm eine Abkürzung und war vor ihnen da. Rick hatte mir schon vor Monaten einen Zweitschlüssel gegeben (falls er sich einmal ausschließt), und den hatte ich rein zufällig in der Tasche.

Schwer atmend schloß ich die Tür auf, schlug sie wieder zu und lehnte mich mit dem Rücken an den Rahmen. Und jetzt? Was würde Doris Day tun? Klar: sich im Schrank verstecken und abwarten. Leider fand ich keinen passenden Schrank. Im Gegensatz zum Kino sind Schränke im wirklichen Leben entweder zu klein oder zu voll, um es sich darin gemütlich zu machen. Dabei fiel mir auf: In Ricks Schlafzimmerschrank stand eine umfangreiche Pornovideo-Sammlung. Hatte er das nötig? Wenn ich eifersüchtig wäre, würde ich mich jetzt fragen, ob ich ihm vielleicht nicht genüge.

Auf dem Schreibtisch lag sein Terminkalender. Ich riskierte einen Blick. Für den heutigen Abend hatte er notiert: JAMES. In Großbuchstaben. Mit rotem Filzstift. Die Farbe der Liebe. Na bitte: erwischt!

Ich hörte Schritte und dann einen Schlüssel, der sich im Schloß drehte. Kurz entschlossen kroch ich unter

Ricks Bett. Na, da könnte auch mal gesaugt werden: ein alter Kaugummi, Erdnüsse, Staubbällchen – ah, und meine Mickey-Maus-Swatch! Wie hatte ich die gesucht. Ich schnallte sie gleich um.

Rick (ich sah nur seine schwarzen Stiefel) und James (neongelbe Turnschuhe mit violetten Streifen – wer schön ist, muß noch lange keinen guten Geschmack haben) betraten das Zimmer. Doris Day würde jetzt niesen. Ich atmete vorsichtshalber durch den Mund. Ich bin ja nicht blöd. James streckte sich über mir auf dem Bett aus. Ricks Stiefel entfernten sich in Richtung Küche: „Ich hol uns noch einen Drink!" Als ob die beiden Lotterbuben noch Alkohol bräuchten, um ihr schmutziges Geschäft zu Ende zu bringen. Vor mir fiel ein häßlicher Turnschuh zu Boden, dann der zweite. Dann James' Hemd. Die Jeans! Die Unterhose!! (Rosa Boxershorts mit einem Muster aus kopulierenden Häschen. Der Mann hat wirklich keinen Stil.)

Ich überlegte, ob ich schon jetzt wie eine antike Rachegöttin unter dem Bett hervorstürmen oder besser abwarten und die beiden *in flagranti* erwischen soll. Ricks Stiefel kamen wieder in Sicht.

„James, Darling", hörte ich ihn säuseln. „Zieh dich wieder an. Ich hab dir doch gesagt, daß nichts mehr läuft. Ich will Baby nicht verletzen. Er ist so furchtbar eifersüchtig, der Gute."

James knurrte resigniert. Seine Hand angelte vor meiner Nase nach den rosa Häschen. „Wen rufst du an?" fragte er.

„Ich will mich nur schnell bei Baby melden. Der sitzt wahrscheinlich hysterisch zu Hause und malt sich aus, wie wir das Kamasutra durchspielen."

„Gute Idee," meinte James, „kennst du schon die indische Liebesschaukel mit Doppeldrehung?"

Rick lachte: „Zwecklos, Jimmy, gib's auf." Natürlich ging bei mir keiner ans Telefon. Ich lag schließlich unter dem Bett und atmete den Staub ein, den James mit seinem Striptease aufgewirbelt hatte.

„Komisch, er nimmt nicht ab", sagte Rick. „Ob ihm was passiert ist?"

James kicherte: „Der hat sich bestimmt was Nettes eingeladen und möchte jetzt nicht gestört werden. Man weiß doch, wie die Schwulen sind: nur nichts anbrennen lassen. Und da haben sie auch recht, wenn du mich fragst." Seine Shorts segelten wieder auf den Boden.

„Hör endlich auf, dich auszuziehen", schimpfte Rick. „Ich gehe rüber zu Baby. Vielleicht hatte er einen Unfall."

„Blödsinn. Du bist eifersüchtig und willst einen Kontrollbesuch machen", sagte James. Seine Füße erschienen vor meinem Gesicht (eine Pediküre täte dringend not). „Bleib lieber hier und zahl deinem Baby seinen Seitensprung heim."

Aber Rick war schon unterwegs. „Bin gleich wieder da", rief er.

Die Wohnungstür fiel ins Schloß. James zischte: *„Fuck!"*, stand auf und bückte sich nach seiner Unterhose. Ich erstarrte und kniff fest die Augen zu. Zwei Sekunden, vier Sekunden. Kein Laut, keine Bewegung. Ich öffnete die Augen und blickte direkt in James' verblüfftes Gesicht.

„Hallo, ich bin Baby. *N-n-nice to meet you"*, sagte ich, kroch unter dem Bett hervor und deutete auf meine Micky Maus-Swatch. „Ich … ähm … ich hatte meine Uhr verloren. Hab sie wiedergefunden. Ich geh dann mal wieder. Tschühüs."

Von der Tür aus warf ich einen Blick zurück. James hockte vor seinen Shorts nackt auf dem Teppich und starrte mich über die Schulter an wie ein Kaninchen die

Schlange. *„I want to go home …“* sagte er leise. Dann verlor er das Gleichgewicht und plumpste auf seinen zugegebenermaßen recht ansehnlichen Hintern. Im gleichen Augenblick schlug ich die Tür von außen zu.

Ich rannte nach Hause, als ginge es um olympisches Gold. Rick stand schon im Eingang der Mietskaserne, in der ich residiere, und klingelte Sturm. Ich klopfte ihm auf die Schulter: „Nanu, ich dachte, du bist mit James essen?“

„Wo warst du?“ wollte Rick wissen.

Ich setzte mein Ich-bin-die-Unschuld-selbst-Gesicht auf: „Nur mal schnell Zigaretten holen, Schätzchen. Glaubst du, ich würde mich auf Aufriß begeben, nur weil du mal keine Zeit hast? Bist du etwa eifersüchtig? Ist das hier ein Kontrollbesuch? Spionierst du mir nach? Unerhört!“

Rick stotterte: „A-a-aber, Baby …“

Ich tätschelte versöhnlich seinen Arm und sagte: „Schon verziehen, jeder ist mal ein wenig eifersüchtig. Außer mir natürlich. Niemals könnte ich mich zur Witzfigur machen wie so ein eifersüchtiger Trottel in einer Doris-Day-Farce.“

Ein Kerl wie gemalt

„Kernige Kerle sind angesagt, Baby", sagte Karl. In Timberlands, Jeans, einem ärmellosen Karoflanellhemd und mit einem Instant-Tattoo (feuerspeiender Drache) auf dem Bizeps lehnte er in unserer Stammdisco „Big Boy" betont locker an der Wand.

„Dabei hatte ich mich gerade auf das Revival des androgynen Looks eingestellt", bedauerte ich und schielte an meiner Paillettenbluse herunter auf meine Plateauschuhe. (Ich litt gerade an einer RuPaul-Überdosis.) Den ganzen Abend lang ließ Karl lässig eine Zigarette aus dem linken Mundwinkel hängen, tanzte nicht und versuchte möglichst gefährlich zu wirken.

„Findest du nicht, daß du übertreibst?" fragte ich.

„Quatsch! Nur wer cool ist, hat Chancen beim Aufriß", zischte Karl und wischte sich die Tränen ab.

„Vielleicht solltest du das Rauchen noch ein wenig üben. Der Qualm gehört in die Lunge und nicht in die Augen."

„Halt die Klappe und verzieh dich“, hustete Karl. „Der Typ da vorne mit den großen, feuchten Rehaugen starrt mich an.“

„Rehaugen, was? Na dann, Waidmanns Heil!“

„Waidmanns Dank, und verschwinde endlich!“

Ich postierte mich in ein paar Meter Entfernung, aber noch in Hörweite – man will ja nichts verpassen. Karl und Bambi umkreisten sich und warfen einander eiskalte Blicke zu. Schließlich legte das Rehäuglein – ganz schön forsch – Karl die Hand auf den Hintern, was bei diesem einen nervösen Kicheranfall auslöste. Die ganze mühsam aufgebaute Pose war dahin. Immer noch kichernd, begann Karl zu plappern, erzählte, daß er Kommunikationswissenschaften studiert, für Barbra Streisand schwärmt und furchtbar gerne Romane aus dem letzten Jahrhundert liest. Ich rollte die Augen gen Himmel, als Bambi Karl mit den Worten stehenließ: „Auf Intellektuelle kann ich nicht, ey.“

„Ach, Karlchen“, tröstete ich. „Bei deiner rustikalen Aufmachung hielt er dich für einen Schreiner oder Fernfahrer, der auf Country-Music steht und noch nie die Nase zwischen zwei Buchdeckel gesteckt hat – du hast deine Rolle einfach nicht lange genug durchgehalten. Und das mit der Streisand hättest du ihm frühestens nach dem ersten gemeinsamen Orgasmus erzählen dürfen …“

Seitdem ist Karl zutiefst frustriert und spielt mit dem Gedanken, sich einer Lobotomie zu unterziehen. „Ich lasse mir einfach die Hälfte meines Gehirns entfernen, dann müßte ich doch automatisch einen Gesichtsausdruck bekommen wie Sylvester Stallone: diesen geilen leeren Blick und den brünftigen halboffenen Mund“, überlegte Karl.

„Vielleicht würdest du sogar sabbern“, sagte ich. „Aber mal im Ernst: Wieso gelten Intellektuelle als unerotisch?

Warum machen sich Tausende von deutschen Homosexuellen mit Abitur oder Hochschulabschluß zurecht wie tumbe Ghetto-Kids aus Los Angeles, wenn sie scharf aussehen wollen?"

„Frag mich das nicht", wimmerte Karl. „Ich will mich nicht mehr mit intellektuellen Fragen auseinandersetzen. Ich muß Blödheit üben, wenn ich noch jemals einen fürs Bett abkriegen will."

„Du brauchst Ablenkung. Laß uns ins Kino gehen", schlug ich vor. „Es gibt eine Bergmann-Retrospektive."

„Nein, nein! Zu intellektuell!" jammerte Karl. „Läuft denn nichts mit Van Damme?"

„Nö, aber der neue Disney, *Aladdin.* Der ist sicher nicht hochgeistig. Und weißt du noch, wieviel Trost du damals aus *Susie und Strolch* geschöpft hast, als dich dieser Barkeeper-Gorilla sitzen ließ?"

„Also gut, gehen wir ins Kino. Ruf doch mal Lola an, vielleicht will sie mitgehen."

Lola meldete sich am Telefon mit: „Frauenpower! Hier ist LOLA!"

„Ich bin's, Schwulenpower", antwortete ich. „Willst du mit Karl und mir in den neuen Disney-Film gehen?"

„Wirklich nicht, Baby. Disney-Filme an sich sind latent faschistoid. Wenn ich da nur an *Peter Pan* denke: quasimilitaristisches Führerdenken, Frauen, die beschützt werden müssen, und jede Menge rassistische Indianerstereotypen. Das ist nichts für mich. Außerdem bin ich beschäftigt: Ich lese gerade den neuen Roman von Margaret Atwood."

„Hoffnungslos intellektuell", sagte Karl, der mitgehört hatte. „Kein Wunder, daß sie keinen Kerl abkriegt."

„Eine Frau braucht keinen ‚Kerl', um glücklich und ausgefüllt zu leben!" schimpfte Lola.

„Na ja, eine Frau vielleicht nicht", murmelte Karl.

„Ruft mich wieder an, wenn ihr in irgendwas von Eric Rohmer oder Peter Greenaway geht“, meinte Lola und legte auf.

Karl grinste: „Ich sag ja: hoffnungslos!“

Das Kino, in dem *Aladdin* lief, war gerammelt voll mit stolzen Eltern, die ihre Kinder ausführten. Und entsprechend laut. Neben uns saß eine junge Mutter mit einem Sohn und einer Tochter im Vorschulalter.

„Kommen da auch Dinosaurier vor, Mami?“ fragte der Junge.

„Die Leuten die Köpfe abreißen?“ kicherte das Mädchen.

„Oder Zombies?“ wollte der Junge wissen.

„Au ja, Zombies! Mit grünem Schleim im Gesicht!“ Das kleine Mädchen klatschte in die Hände.

Aber es gab weder Dinos noch Untote, sondern das klassische Märchen von Aladdin und dem Flaschengeist, die gemeinsam einen naiven Sultan vor seinem intriganten Wesir beschützen. Bei Aladdins erstem Auftritt klappte Karls Kinnlade nach unten.

„Der sieht ja aus wie Tom Cruise!“ flüsterte er atemlos. „Mein Gott! Sieh dir diese Brustmuskeln an! Das knackige kleine Ärschchen! Und diese Augen! Baby, ist das ein Zeichentrickporno?“

„Mami, was ist ein Porno?“ fragte das Mädchen nebenan.

„Sei still und schau dir Aladdins süßes Äffchen an!“ befahl die Mutter.

„Ich würde auch gerne mal Aladdins ‚süßes Äffchen‘ sehen“, kicherte Karl.

„Reiß dich zusammen“, ermahnte ich ihn – ohne Erfolg, denn der böse Wesir ließ Aladdin verhaften und in Ketten legen, was Karls Phantasie aktivierte: „Oh, Baby, mit dem gefesselten Aladdin im dunklen Verlies zu sitzen – ganz alleine …“

„Halt endlich die Klappe!“ flüsterte ich.

„Genau“, zischte die Mutter neben uns, „dann muß ich nicht weiter versuchen, zwei Kindern gleichzeitig die Ohren zuzuhalten, Sie Ferkel!“

Nach dem Film zündete sich Karl im Foyer eine Mentholzigarette an: „Ich bin völlig fertig. Seit *Flesh* von Andy Warhol habe ich keinen so geilen Film mehr gesehen. Nur schade, daß Aladdin zum Schluß die Prinzessin geheiratet hat, anstatt mit dem Flaschengeist nach San Francisco zu ziehen.“

„Ich kann nicht glauben, daß du auf eine Zeichentrickfigur scharf bist. Ist das einfach nur lächerlich oder der Gipfel der Dekadenz?“ überlegte ich, als Karl mir plötzlich den Ellenbogen in die Seite rammte und mit dem Kinn hinter mich wies. Ich sah mich um und blickte in ein Paar sanfte Rehaugen, deren Besitzer sich auf uns zu bewegte.

„Ich wußte gar nicht, daß Intellektuelle in Trickfilme gehen, ey“, sagte er zu Karl, der fast seine Zigarette verschluckte.

„Ach, weißt du, Bambi“, erklärte ich grinsend und in meinem affektiertesten Tonfall, „Zeichentrickfilme sind so ungeheuer interpretationsfreudig. Besonders Karl hier ist ein hervorragender Analytiker, mein Lieber. Ihm ist beispielsweise aufgefallen, daß Disneys *Dschungelbuch* in verschlüsselter Form von einem Pädoparadies erzählt, in dem der Knabe Mowgli erotisch-väterliche Freundschaften mit Männern wie Baloo und Bagheera schließt und sich gegen die Avancen alter Tunten wie Kaa und Shir Khan wehren muß. Doch dann kommt die Pubertät, und die päderastische Idylle geht zu Ende: Mowgli verläßt den schwulen Dschungel und wird heterosexuell. Das ist Karlchens Theorie. Ist er nicht brillant?“

„Warum tust du mir das an?“ zischte Karl zwischen den Zähnen, während uns Rehauge mit offenem Mund anglotzte.

„Weil ich finde, daß du dich nicht mit Typen einlassen solltest, die ein Karohemd interessanter finden als einen scharfen Verstand.“

„Vielleicht macht ihr zwei klugen Köpfe das unter euch aus, ey“, fügte Rehäuglein kopfschüttelnd hinzu und verschwand in der Menge.

„Voilà!“ schrie Karl. „So ruinierst du mir meine Chancen! Und von wem hast du eigentlich diese schwachsinnige Theorie vom *Dschungelbuch* als Pädoparabel? Michael Jackson?“

Ich nahm Karl versöhnlich in den Arm und führte ihn aus dem Kino und zur Haltestelle, wo auch das Rehauge auf den Bus wartete. Er grinste Karl schüchtern an und sagte: „Dieses Zeug mit dem schwulen Dschungel ist irgendwie schon interessant, ey. Ich habe das *Dschungelbuch* zu Hause auf Video. Willst du nicht mitkommen und mir das noch mal genau erklären?“

„Ach, ich verstehe das selbst nicht so richtig“, stammelte Karl und versuchte, möglichst blöd auszusehen – was ihm verblüffend gut gelang.

„Tu doch nicht so“, sagte der Rehäugige, „mir brauchste keinen beschränkten Macho vorzuspielen. Tut mir leid, wie ich dich in der Disco stehengelassen habe. Ich find dich eigentlich ganz nett, obwohl du was im Gehirn hast.“

„Verblüffend!“ rief ich. „Ein bißchen Grips kann also doch verführerisch sein!“

Als Karl und das Rehauge gemeinsam in den Bus stiegen, blieb ich zurück und reihte mich nochmals in die Schlange vor dem Kino ein. Karl hat völlig recht – dieser schnuckelige Aladdin ist einfach ein Kerl wie gemalt – und so erfrischend unintellektuell.

Heterotunten

„Willkommen zur ersten Selbsthilfe-Therapiesitzung für Opfer von Heterotunten", sagte Karl und zündete eine selbstgemachte Räucherkerze an, die nach Calvin Kleins *Obsession* duftete. Er präsidierte über einer Gruppe von fünf sehr ernsthaft dreinblickenden jungen Männern, die sich rund um seinen Küchentisch versammelt hatten. Ich saß ihm gegenüber und nippte an einem Sherry. (Zwei Dinge, die sich immer in Karls Kühlschrank befinden: Sherry und Poppers).

„Wir haben uns hier versammelt", fuhr Karl feierlich fort, und mein Sitznachbar Frank, ein kleiner dunkler Bodybuilder, flüsterte mir zu: „Liebe Gemeinde …" Karl ignorierte ihn: „… um in einer losen gruppentherapeuthischen Runde ein Problem zu verarbeiten, das mehr und mehr das schwule Leben verkompliziert. Im gegenseitigen Erfahrungsaustausch wollen wir Trost und vielleicht Lösungen finden."

„Ich habe ihn noch nie so pompös erlebt", sagte Frank. „Hat er von der Universität ans Priesterseminar gewechselt?"

Karl wandte sich Bernd zu, einem schlaksigen Bibliothekar, der neben ihm saß und nervös an seinen Nagelhäuten zupfte: „Bernd, möchtest du beginnen?"

„Ja, ich – also, es war furchtbar. Seitdem weiß ich gar nicht mehr, woran ich bin, und ..."

Streng fuhr Karl dazwischen: „Bitte von Anfang an, Bernd!"

„Ich war bei Hennes & Mauritz auf der Suche nach einem preisgünstigen Feinripp-Body", erzählte Bernd, und Frank flüsterte mir zu: „So beginnen eigentlich alle großen Dramen des ausgehenden 20. Jahrhunderts."

Bernd fuhr fort: „In der Unterwäscheabteilung hing dieses Poster von Markus Schenkenberg im Schlüpfer, und ich blieb wie hypnotisiert davor stehen, als ein junger Typ im ärmellosen Karohemd mich ansprach: ‚Scharfes Teil, was?' – ‚Allerdings', sagte ich, ‚dieser Bizeps, dieses Lächeln ...' – ‚Ich meine die Unterhose. Die sitzt echt super, auf so was fahren die Bräute total ab', meinte der Typ. Unmöglich, dachte ich, der kann doch keine Hete sein! Von den Timberlands über die Koteletten-Kurzhaarfrisur bis zu der *Joop*-Wolke, die ihn einhüllte, wirkte er so schwul, als hätte er ‚fick meinen Arsch' auf die Stirn tätowiert."

„Oh-oh, jetzt sinkt das Niveau", seufzte Frank.

„Pardon. Jedenfalls faßte dieser Typ mir plötzlich an die Brust und fing an, mich zu streicheln. ‚Das ist ein Ralph-Lauren-Sweater, oder? Die Qualität kann man fühlen. In New York gekauft? Fifth Avenue?' – ‚Hertie', antwortete ich verdattert, ‚die führen jetzt auch Polo.' Er erklärte mir, daß man zum Lauren-Look eigentlich nach *Safari* riechen sollte und nicht nach – er schnüffelte und zog die Nase kraus – *8x4*. Dann half er mir bei der Wahl eines Bodys und erzählte dabei, er wisse gar nicht, was er eigentlich bei H&M mache, er fände ja doch nur in Designer-Boutiquen, was ihm wirklich gefällt. Ich bezahlte und unsere Wege trennten sich. Nachdenklich setzte ich mich ins „Rosarote Café" und dachte über diesen seltsamen, gutaussehenden Jungen nach, als er plötzlich hereinkam, sich neben mich setzte und grinste: ‚So sieht man sich wieder – im Homo-Café! Aber das muß man ihnen lassen, sie backen einfach den besten Kuchen. Und gut angezogen sind sie auch. Ich hole mir hier meine Styling-Tips.' Da erwachte mein schwulenpolitisches Gewissen, und ich erklärte ihm empört, daß ich selbst ‚homo' sei und nichts scheußlicher fände als Zaungäste, die die schwule Szene wie einen Zoo behandeln."

„Hört hört", rief Frank, aber die anderen in der Runde zischten „pst!" und Bernd fuhr fort: „Der Typ – er heißt übrigens Robert – war völlig fasziniert. In allen Stadtmagazinen und Szeneblättern würde man lesen, daß in den schwulen Discos die angesagteste Musik gespielt würde und die geilste Stimmung sei und ob ich ihn nicht – bitte, bitte – mal mitnehmen könne, alleine würde er sich nämlich nicht trauen. Und so verabredete ich mich mit ihm für den nächsten Samstag."

Bernd schluckte und riß die Nagelhaut seines linken Daumens in einem Zug ab. „Wenn er die jetzt ißt, muß ich kotzen", flüsterte Frank in mein Ohr, aber Bernd legte seine Nagelhaut geistesabwesend in den Aschenbecher.

„Ich ging mit Robert ins „Instant Erection", wo er mich erstmal stehen ließ und wie ein Derwisch zum Tekknobeat tanzte, während ich einen Jack Daniels nach dem anderen kippte. Er sah so wundervoll aus in seinem völlig naßgeschwitzten Feinrippunterhemd. Ich konnte seine Knöspchen durchscheinen sehen."

Bernd stockte und verstümmelte mit zitternden Fingern seinen rechten Daumennagel. Karl verlor kurzfristig seine ernste Haltung und kicherte:

„Knöspchen! Ich faß es nicht! Knöspchen!"

Heiser fuhr Bernd fort: „Ich lehnte an der Bar, neben mir knutschten zwei Typen ausgiebig – der eine hatte seine Zunge wohl schon in der Milz des anderen stecken – , als Robert von der Tanzfläche zurückkam und die beiden fasziniert anstarrte. ‚Männererotik ist total in Mode', sagte er, ‚denk nur an die Versace-Werbung. Wär schon total schick und dekadent, mal 'nen Typ zu küssen.' Ich konnte einfach nicht anders, er war so attraktiv, also bot ich ihm an, es mal mit mir zu probieren."

Schweißtropfen standen auf Bernds Stirn. Jetzt war sein linker Zeigefinger dran. Ritsch! – und in den Aschenbecher mit der Nagelhaut. Frank wandte sich angewidert ab.

„Er hat mich geküßt", schluchzte Bernd, „viermal. Und dann sagte er eiskalt, man müsse ja nicht jede Mode mitmachen, bestellte sich einen doppelten Wodka, gurgelte ausgiebig damit und verschwand wieder auf der Tanzfläche. Ich ging frustriert nach Hause."

Bernd griff nach der Nagelhaut seines Mittelfingers und zog, aber Karl gab ihm einen Klaps auf die Hand. „Wurde auch Zeit, daß jemand eingreift", sagte Frank, „sonst wäre bald kein Platz mehr für die Kippen im Aschenbecher."

Bernd starrte leise wimmernd vor sich hin. Karl tätschelte ihm sanft die Schulter:

„Das ist ein typisches Beispiel dafür, wie Heterotunten uns aufrechte Homosexuelle in unverdiente Verwirrung stürzen, anstatt, wie es sich gehört, Fußball zu spielen, Polyesterhemden zu tragen, Skat zu kloppen und Frauen nachzupfeifen. Auch ich mußte eine ähnliche Erfahrung machen. Es war im Freibad … Bernd, könntest du mal aufhören, so laut zu schluchzen! Und laß bitte deine Fingernägel in Ruhe!"

„Aber Robert ist so süß! Ich komm einfach nicht drüber hinweg", wimmerte Bernd. „Ein paar Tage nach den vier Küssen", – langer Seufzer –, „sah ich ihn in der U-Bahn – mit einer Frau im schwarzen Mini. Ich hörte, wie er zu ihr sagte: ‚Den Typ da vorne habe ich mal geküßt. Weißt du, Kleines, ich bin eben für alles offen.' Und während sie ihn bewundernd anstarrte, stieg ich aus …" Bernd hielt schniefend inne. „… obwohl es noch gar nicht meine Station war!" Verzweifelt biß er auf seinem blutigen Daumen herum.

„Ich denke, wir sind alle sehr betroffen von deinem Erlebnis", sagte Karl, „und es wird dir sicher helfen zu wissen, daß du nicht das einzige Opfer von Heterotunten bist. Ich war also im Freibad, lag nichtsahnend auf meinem Hermès-Badetuch und las Barbara Cartland, als mich ein sehr muskulöser Mann ansprach. Er wollte wissen, ob ich seine Brustmuskeln im Vergleich zur Schultermuskulatur für nicht ausgeprägt genug hielte. Kinder, an dem war *alles* mehr als ausgeprägt. Ich sagte ihm also, daß sein Körper makellos sei, und er begann, mir dessen Einzelheiten zu demonstrieren, spannte seine Muckis einen nach dem anderen an und erklärte mir, durch welche Übungen er sie aufgebaut hatte. *Natürlich* dachte ich, er macht mich an, und als er aufbrach, folgte ich ihm in die Dusche und näherte mich ihm dezent."

Frank unterbrach: „Man kennt ja Karls dezente Art. Wahrscheinlich hat er ihm einen Finger in den Hintern gesteckt."

„Oder auch zwei", bemerkte ich.

„Meine zarten Avancen stießen jedenfalls auf äußerstes Mißfallen. Der Bodybuilder beschimpfte mich auf höchst diskriminierende Art, drohte mit dem Bademeister und warf die Seife nach mir."

Frank flüsterte: „Vier Finger. Bei der Reaktion waren es bestimmt vier Finger."

„Genauso ging es mir vor ein paar Tagen im Bus", erzählte Nils, ein dicklicher Blondschopf, der neben Frank saß. „Ein Mann in Homo-Uniform – Jeans, Unterhemd, Stiefel, Tätowierung – schaute mich ständig an und badete geradezu in meinen Blicken, während er immer wieder die Stellung wechselte, damit sein Körper richtig gut zur Geltung kam. Als ich ihn aber auf einen Kaffee einlud, zischte er mich an: ‚Seh ich aus wie 'n Homo, oder was?' Aber genauso sah er aus. Man kann bei dieser Invasion von eitlen Heterotunten einfach nicht mehr abschätzen, wer schwul ist und wer nur bewundernde Blicke auf seinen gestylten Body und seine Klamotten ziehen will – egal ob von Mann oder Frau."

„Das Problem ist, daß das schwule Image des begehrenswerten Mannes langsam aber sicher in die Hetero-Szene übernommen wird", dozierte Karl. „Von *Take That* beeinflußte 16jährige Heteros laufen in die Fitneß-Studios, die Durchschnitts-Hete muß an jeder Litfaßsäule den *Davidoff*-Mann sehen und sich damit vergleichen, und zu allem Überfluß klauen schwule Designer wie Gaultier und Calvin Klein ihre Mode-Ideen in der Homo-Szene zusammen und basteln dann daraus Kollektionen für die breite Masse. Ergebnis: Die totale Konfusion!"

„Sogar mein Vater trägt in seiner Freizeit Levis-Jeans statt – wie früher – labbriger Jogginghosen vom Grabbeltisch", gab Frank zu. „Und er hat sich einen Ohrring stechen lassen!"

„Naja, aber das ist doch inzwischen weniger Homo- als Zuhälter-Stil", gab ich zu bedenken. „Ich dagegen habe in der städtischen Sauna einen Typ angesprochen, der einen Ring in der Vorhaut trug. Weil ich mir ganz sicher war, daß so etwas nur Schwule wagen, fing ich mir eine Ohrfeige ein!“

Karl grinste: „Angesprochen? Bist du sicher, daß du ihm nicht deine Visitenkarte an den Ring gehängt hast?“

„Aber was kann man tun, um die schwule Identität zu retten und peinliche Szenen zu vermeiden?“ wollte Nils wissen. „Selbst wenn wir einen ganz neuen Homo-Stil erfinden, werden ihn die Heten ja doch bald kopieren. Wißt ihr noch, wie man vor zehn Jahren Schwule an weißen Turnschuhen erkennen konnte? Oder an Bandanas um den Hals? Und heute sieht man in schicken Trend-Discos sogar Heteros in Chaps und Harneß!“

„Ein Skandal!“ zischte Karl, „nicht einmal vor den geheiligsten Dingen machen sie halt!“

Es klingelte an der Tür. Während Karl nachsehen ging, goß ich mir noch einen Sherry ein. „Das ist das Ende der schwulen Subkultur“, prophezeite ich. „Wir werden nicht, wie die Aktivisten immer befürchtet haben, sang- und klanglos in die Hetero-Gesellschaft integriert, sondern die Heten passen sich uns so lange an, bis es keine Unterschiede mehr gibt.“

Frank seufzte: „Das hat man eben davon, wenn man einer Randgruppe angehört, die stilprägend ist.“

Karl kam wieder in die Küche, neben ihm ging ein junger Mann mit Fönfrisur, blauer Bundfaltenhose und einem schauderhaft bunten Jürgen-von-der-Lippe-Hemd. „Mein großer Bruder, Erich“, stellte Karl augenrollend vor. „Wir haben hier gerade eine wichtige Therapiesitzung, wie du siehst, Bruderherz. Fühl dich also wie zu Hause, aber bitte stör uns nicht.“

Erich nahm seine Pilotenbrille ab, putzte sie mit einem Hemdzipfel und sagte: „Ich bin sowieso nur gekommen, weil meine Glotze kaputt ist und es heute diesen geilen Kickboxer-Film gibt.“

Karl stöhnte.

„Und hinterher das *Aktuelle Sportstudio.* Haste noch 'n Bier im Kühlschrank, Kalle?"

Karl knirschte mit den Zähnen: „Nenn mich nicht Kalle! Und du weißt genau, ich habe nur Sherry im Haus."

„Dann geh ich noch rüber zur Tanke und kauf 'n Sixpack," grunzte Erich. „Bis gleich."

Kaum fiel die Haustür ins Schloß, als Nils sagte: „Ach, wenn sie doch alle so wären, die Heten! Mies angezogen, schlechte Manieren ..."

„Nichts als Actionfilme und Sportsendungen im Kopf", ergänzte Frank.

„Eben unverwechselbar hetero", faßte ich zusammen.

Karl starrte uns an und zischte: „Was soll der Quatsch? Mein Bruder ist genauso schwul wie ich!"

In das eisige Schweigen flüsterte Bernd, während er zwei frisch abgezogene Nagelhäute gleichzeitig in den Aschenbecher schnippte: „Hat vielleicht jemand eine Nagelschere dabei?"

Party-Crashing für Anfänger

Ein regnerischer, langweiliger Samstagnachmittag. Bis zum Beginn von *Melrose Place* waren noch 43 Minuten und 14 Sekunden totzuschlagen. Ich vertrieb mir die Zeit damit, eine Rangliste der Körpergerüche meiner Ex-Affären zu machen (auf der nach oben offenen Mickey-Rourke-Skala), als meine Freundin Lola anrief.

„Hallo, Lolalein. Sag mal, wer roch strenger, Wayne aus Berlin oder Wadek aus dem Schwimmbad?"

„Auf so eine Frage antwortet eine Dame nicht. Wadek natürlich, mit drei Nasenlängen Vorsprung. Seit deinem Beinbruch vor zwei Jahren hast du keine Geruchslisten mehr gemacht, Baby. Ich kombiniere: Du brauchst Kurzweil. Gott sei Dank hast du mich, und ich gehe heute abend auf eine Fete, für die ich dringend einen Begleiter brauche. Also: um halb sieben hol ich dich ab."

„Viertel vor, bitte."

„Pardon, ich vergaß: *Melrose Place.* Also bis gleich, du Heather-Locklear-Junkie!"

„Moment mal! Was für ein Fest ist das überhaupt?"
„Ooch, so 'ne große studentische Geburtstagsfete in einer stillgelegten alten Autowerkstatt."
„Und wer lädt ein?"
„Antschie und Biggie."
„Kenn ich nicht."
„Ich auch nicht."
„Was soll das heißen, du kennst sie nicht?"
„Ich hab zufällig eine Frau namens Antschie in der U-Bahn belauscht, wie sie einen Typ namens Hotte auf eine Riesenparty einlud, die sie zusammen mit Biggie gibt. Die Einzelheiten wie Ort und Zeit notierte ich mir diskret auf die Rückseite meiner *Gala.*"
„Nicht zu fassen!"
„Wieso, viele Leute lesen *Gala* in der U-Bahn. Ist doch besser als *Die Aktuelle,* oder?"
„Ein Fest bei völlig Fremden? Bist du irre? Die schmeißen uns sofort raus!"
„Ich bin nicht irre, ich bin trendy. Party-Crashing ist der letzte Schrei. In London machen das alle. Und niemand wirft dich raus auf großen Feten. Da kennt sich doch ohnehin keiner."
„Lola, du übst einen sehr schlechten Einfluß auf mich aus", schalt ich. „Wir sollten uns viel öfter sehen."

Als wir in der ehemaligen Werkstatt eintrafen, standen schon ein paar Dutzend Leute in Gruppen herum und hielten sich an Bierflaschen und Zigaretten fest. Eine Frau in Leggings mit Leopardenmuster (auf der Mickey-Rourke-Skala eine mit *Impulse* vermischte 6,1) begrüßte uns: „Hi, ich bin Biggie, und wer seid ihr?"
„Äh …", sagte ich.
Lola sah mich genervt an, zog an ihrer Gauloise und griff nach Biggies Hand: „Alles Gute zum Geburtstag!

Wir sind Lola und Baby, alte Studienfreunde von Antschie. Wo gibt's denn was zu trinken?"

Biggie sah uns skeptisch an, wies uns aber dennoch den Weg zu einem mit Bierkästen beladenen Tapeziertisch am anderen Ende des weitläufigen, mit Luftschlangen und Ballons dekorierten Raumes. Wir bedienten uns, und Lola wies mit dem Kinn auf ein Mikro, ein Schlagzeug, einen Baß und zwei E-Gitarren, die in einer Ecke aufgebaut waren: „Es scheint sogar Live-Musik zu geben. Eine herrliche Party, Baby."

„Mag ja sein, aber erstens traut uns Biggie nicht, und zweitens sieh dir mal die Leute an: lauter blondierte Frauen in Stretch-Bodys und Männer mit Vorne-kurz-hinten-lang-Haarschnitten und Schuhwerk von Salamander. Ich fürchte, das ist eine heterosexuelle Veranstaltung."

„Na klar, und das gedenke ich auszunutzen", erklärte Lola. „Als mysteriöse Unbekannte habe ich hervorragende Chancen. Ah, wie findest du den da? Der guckt mich schon die ganze Zeit über seine Bierflasche hinweg an."

„Naja, wenn man ihm den Vollbart abrasiert und ihn ins Fitneß-Center schickt ..."

„Wer sagt denn, daß jeder Kerl aussehen muß wie ihr geklonten Szene-Schwuletten?" zischte Lola, drückte ihre Kippe unter dem Absatz aus und bewegte sich mit wogendem Hüftschwung auf den zusammenzuckenden Bärtigen zu.

Ich nuckelte an meinem Bier und studierte die Heterosexuellen, eine mir im Grunde fremde Spezies. Die Pärchen steckten sich gegenseitig die Hände in die Gesäßtaschen und tauschten Zuneigungsbeweise aus wie Nasenreiben, gemeinsames Trinken aus einer Flasche oder abwechselndes Benennen mit Koseworten („Bärli, Hasi, Mausi"). Die einzelnen Männchen schweiften ruhelos durch den Raum, begrüßten ab und zu mit gutturalen Lauten oder Schlägen auf die Schulter einen Artgenossen und hielten stets ein Auge auf die Weibchen gerichtet. Diese wiederum standen in Gruppen beieinander, redeten unablässig und brachen in regelmäßigen Abständen in kollektives Kichern aus.

Während ich das heterosexuelle Balzverhalten beobachtete, trat Leoparden-Biggie ans Mikro und entlockte ihm ein schrilles, statisches Quietschen. „Liebe Leute," rief sie, „die Rockband meiner Mitgastgeberin lädt zum Tanz! Hier sind *Antschie and the Noisemakers!*" Unter Klatschen und Gejohle des Publikums stellte sich Antschie, eine Rothaarige in schwarzen Lederhosen und schulterfreiem, violetten Top, vor dem Mikro in Positur. Die Musiker (alle mit langem Haar und Grunge-Bärten) griffen zu ihren Instrumenten und begannen, die ersten Takte von *Smoke on the water* zu donnern – so laut, daß meine Bierflasche vibrierte und überschäumte.

Von der Musik angelockt, begannen einige Weibchen zu tanzen, indem sie den Kopf hängen ließen und die Haare rhythmisch schüttelten. Die Männchen tanzten nicht, zuckten allerdings cool mit dem Hals im Takt – bis auf einen lockigen, beohrringten Typ im weiten weißen Hemd, der sich zu den Hardrock-Klängen in den Hüften wiegte, als würde Donna Summer gespielt.

„Heterotunte", dachte ich und sah mich nach Lola um. Sie stand am kalten Büffet, verfütterte Kartoffelsalat an ihren Vollbart und prostete mir mit einer Bierflasche fröhlich zu.

Da die Band weiterhin die Sorte Musik spielte, mit der in türkischen Gefängnissen politische Häftlinge gefoltert werden, erarbeitete ich mir systematisch einen Alkoholspiegel, bei dem sich die von Schreihälsin Antschie gebrüllten *Aerosmith*-Stücke anhörten wie Barbra

Streisand in concert. Nach dem fünften Bier fand ich den Lockenkopf auf der Tanzfläche sehr attraktiv – er sah fast aus wie Michael Hutchence von *INXS*. Ich begann ihn anzulächeln. Zwei Bier später tanzte ich lasziv direkt vor ihm. Auf der Yves-Saint-Laurent-Duftskala bekam er eine 8,2. Lola betanzte neben mir ihren Bartträger. Sie warf mir warnende Blicke zu. Zurecht. Was tat ich da? Welches Schicksal dräute mir, wenn ich auf einer Heteroparty – als ungebetener Gast auch noch – schamlos einen Mann anflirtete? Bevor ich den schaurigen Gedanken zu Ende führen konnte, setzte plötzlich die Musik aus.

Biggie kam auf Lola und mich zu und sagte: „Antschie macht 'ne Pause. Jetzt könnt ihr sie schnell begrüßen." Mit hämischem Unterton fügte sie hinzu: „Na, die wird sich freuen, euch zu sehen!"

„Und wie", sagte Lola leicht schwankend und mit einem verkniffenen Lächeln. Biggie führte uns zu der völlig verschwitzten Sängerin, die sich mit einem Frotteetuch abrubbelte (eine glatte 10,0 auf der Steffi-Graf-Achselnässe-Skala).

„Schau mal, wer da ist", rief Biggie. „Du kennst doch noch deine alten Freunde Baby und Lola – oder vielleicht nicht?"

Antschie kniff die Augen zusammen, starrte uns an und brummte: „Wer? Lola? Baby? Moment mal ... das war ... 1988! Der Trip durch die Anden!"

„Genau!" schrie Lola erleichtert.

„Nein, Quatsch. Moment", grübelte Antschie. „Ich hab's! '89! Der Aschram!"

„Der Aschram! Jaha!" rief Lola, und Antschie fiel erst ihr und dann mir freudekreischend um den Hals.

„Wißt ihr noch, der Swami? Völlig nackt! Und wie du dann mit der Gebetsmühle ...!" lachte sie. „Und das

Mohnblütenfest! Kinder, waren das herrliche Zeiten! Ist lange her. Toll, daß ihr da seid, aber ich muß wieder auf die Bühne. Wir spielen noch ein paar Stücke aus der Kollegstufen-Zeit, als wir *Angelas Schlager-Combo* waren!" Sie küßte uns noch mal überschwenglich und verschwand.

Biggie meinte zweifelnd: „Ich hätte schwören können, ihr seid Party-Crasher."

„Wir?" quietschte Lola entrüstet. „Aber niemals. Wir waren schließlich mit Hatschi im Kibbuz ..."

Ich stieß sie in die Seite: „Mit Antschie im Aschram!"

„Genau", stimmte Lola zu und drängelte sich an Biggie vorbei.

Kaum waren wir außerhalb ihrer Hörweite, flüsterte ich: „Wir waren doch nie in einem Aschram, oder bin ich betrunkener, als ich dachte?"

„Natürlich nicht, Baby, aber die gute Antschie hat beim Mohnblütenfest wohl zuviel an den Blüten geschnuppert – du weißt schon, was ich meine."

Die Band begann wieder zu spielen. Antschie (oder besser: Angela) sang „Schöner fremder Mann", wozu ich hingebungsvoll meinen Schwarm im weiten Hemd antanzte. Inzwischen erwiderte er mein Lächeln. Zu „Die Liebe ist ein seltsames Spiel" tauschten wir tiefe Blicke aus. Bei „Manchmal möchte ich schon mit dir" verschwand er in Richtung Toilette, nicht ohne einmal vielsagend über die Schulter zu sehen.

Nach fünf Anstandsminuten ging ich ihm nach.

Er lehnte vor der besetzten Kabine an der Wand und grinste: „Das dauert schon ewig. Muß jemand mit Prostataproblemen drin sein."

Ich grinste zurück: „Du kennst dich aus mit der Prostata?"

Bevor er antworten konnte, öffnete sich die Klotür. Lola trat heraus, zog sich den Rock gerade und fuhr sich durchs Haar. Hinter ihr kam der Vollbart, sichtlich erschöpft, aber selig lächelnd. „Roll nicht mit den Augen, Baby", sagte Lola, ohne mich anzusehen und rauschte vorbei. „Ich hab das gebraucht."

„Huch, wer war die denn?" entsetzte sich mein Schwarm.

„Keine Ahnung", log ich. „Muß eine Kibbuz-Bekannte von Antschie sein."

„Ich bin Frank", stellte sich der Lockige vor und errötete leicht. „Ich kenne hier niemanden. Bin einfach von der Straße reingekommen, als ich die Musik hörte. Party-Crashing nennt man das. Ist total angesagt. Machen in London alle. Bist du schockiert?"

Ich sah ihn sprachlos an und verlieh ihm auf meiner Hugh-Grant-Skala für charmante Frechheit die Höchstwertung.

„Ehrlich gesagt, ist mir dieses Fest zu hetero", gab Frank leise zu.

„Na, dann sollten wir uns eine Homo-Fete zum Crashen suchen", schlug ich vor.

„Oder wir erfinden einen neuen Trend", sagte er und warf mir einen tiefen Blick zu. „Schlafzimmer-Crashing. Man lädt sich einfach ins Bett eines fremden Mannes ein."

Sex-Selbsthilfe

Mein Lover Rick und ich lagen nackt aufeinander im Bett und gähnten simultan. Er kraulte mich gelangweilt unter der Gürtellinie.

„Unser Sex ist nicht mehr so wahnsinnig prickelnd“, bemerkte Rick.

„Wir haben Sex?“ fragte ich. „Hab ich gar nicht gemerkt.“

„Was glaubst du, was ich hier mache?“ fragte er und wies mit dem Kinn auf meinen schlappen Schwanz in seiner Faust.

„Du hast Angst, aus dem Bett zu fallen, und hältst dich fest?“

Rick ließ los und rollte sich genervt von mir runter – etwas zu stürmisch. Er fiel aus dem Bett.

„Siehst du“, grinste ich.

Rick rieb sich das Hinterteil: „Baby, es muß was geschehen. Wir sind erst seit knapp zwei Jahren zusammen, und schon ist die Luft raus. So geht's nicht weiter.“

Er hatte recht. Mit der Zeit war das gegenseitige sexuelle Interesse immer schwächer geworden, und es hatte sogar schon die ersten Seitensprünge meinerseits gegeben – mit Politschlampen, polnischen Schwimmern und Party-Crashern. Rick und ich waren uns dennoch darüber einig, daß wir füreinander geschaffen waren, aber im Bett herrschte Flaute.

„Ich liebe dich, Baby, und ich werde dieses Problem lösen", erklärte Rick feierlich.

Den nächsten Tag verbrachte er in der Stadtbibliothek, wo er sich durch Selbsthilfebücher arbeitete mit Titeln wie *Lustfaule Liebe, Wenn der Eros sich verabschiedet* und *Beziehungsfrust – Beziehungslust.* Er stellte einen Vier-Phasen-Plan auf, um unseren Sex wiederzubeleben.

Phase Eins begann noch am selben Abend. Wir saßen nackt vor dem Videorecorder. Auf dem Bildschirm zogen sich gerade zwei Pornostars gegenseitig aus. Rick erklärte:

„Eine Idee von Prof. Dr. Elizabeth Rosenzweig von der Universität New Brunswick. Nachzulesen in ihrem Werk: *Sex neu erfunden: Pornographie als Beziehungskatalysator.* Der Blonde ist Figur A, der Dunkle Figur B. Wir sehen ihnen zu, und du machst genau dasselbe wie Figur A, ich kopiere Figur B. So bringen wir ‚Spannung und ein Überraschungsmoment' in unser Sexualleben – sagt Frau Professor Rosenzweig."

Figur A und B waren inzwischen nackt. B sah A zu, wie dieser in einer bemerkenswerten Demonstration menschlicher Biegsamkeit seinen eigenen Schwanz lutschte. Rick blickte mich auffordernd an.

„Aber ich kann das nicht!" protestierte ich.

„Du mußt dich zwingen!"

„Entschuldigung, aber der Schwanz von ‚Figur A' ist etwa dreimal so lang wie meiner. Es ist mir anatomisch einfach nicht möglich."

Während wir noch diskutierten, ob ich es vielleicht schaffen könnte, wenn ich mich hinlege, die Beine hinter den Kopf nehme und Rick sich auf meinen Rücken setzt, hatte sich Figur A ein kleines Paddel besorgt und begonnen, Figur B damit das Hinterteil zu versohlen.

„Ah, das ist schon besser", freute ich mich.

Rick erbleichte: „Willst du mich ernsthaft schlagen?"

„Was würde Frau Professor Rosenzweig sagen, wenn ich es nicht täte?" fragte ich und wühlte im Schrank herum, bis ich einen Ping-Pong-Schläger fand.

Klatsch!

Der erste Schlag brachte Rick zum Quietschen: „Ich denke, wir sollten Phase A als mißlungen betrachten und abbrechen!"

Ich holte aus und fragte: „Und was ist mit der Spannung? Dem Überraschungsmoment?"

Klatsch!

Rick schrie und entriß mir den Schläger. Auf dem Bildschirm begann Figur B, seinen Partner zu fesseln. Diesmal verschwand Rick kopfüber in den Schrankschubladen und tauchte mit einer Wäscheleine und einem diabolischen Funkeln im Auge wieder auf.

„Ich dachte, Phase A sei a-a-abgebrochen", stammelte ich.

„Ich hab's mir anders überlegt, Baby! Es ist nur zu unserem Besten."

„Sadist!" zischte ich, während Rick mich fesselte. Mit Schrecken sah ich, wie Figur B einen Dildo von der Größe eines mittleren Staubsaugers in Figur A zu stopfen begann.

„Gut, daß wir so was nicht haben", freute ich mich, aber Rick lief ins Badezimmer und kam mit der Klobürste zurück: „Versuchen wir's doch damit!"

„Wenn du das tust, schicke ich Prof. Rosenzweig eine Briefbombe!“

Rick gab auf, band mich laut lachend los und resümierte: „Komisch war's ja, aber geil weniger. Na, Phase Zwei wird sicher schärfer.“

Am Wochenende besuchte mich Rick mit einer dieser typischen braunen Tüten, die man in Sexshops für seine Einkäufe bekommt. „Phase Zwei basiert auf den Theorien von Dr. Franz Josef Eisenkraut, Kurarzt und Sexualtherapeut in Bad Wörishofen“, erläuterte er. „In seinem Buch *Sex als Spiel* behauptet er, erotisches Spielzeug bringe neuen Drive in eingefahrene Partnerschaften.“

„Die Bad Wörishofener Heilkunst hat einen verdammt weiten Weg zurückgelegt seit Pfarrer Kneipp“, bemerkte ich.

Rick griff in seine Tüte und hielt mir ein Gerät hin, das aussah wie zwei mit einer Kette verbundene Wäscheklammern aus Metall. Ich zog fragend eine Augenbraue hoch.

„Für die Nippel!“ erklärte Rick und griff wieder in die Tüte.

„Wie Weihnachten“, staunte ich, als er mir einen mit Stacheln besetzten ledernen Cockring („Der Hunnengurt, Baby!“) präsentierte, eine Art überdimensionalen Rosenkranz ohne Kreuz, aber dafür mit dicken roten Kugeln („Anale Liebesbällchen!“) und einen geriffelten Dildo, der aussah wie der Penis einer geschlechtskranken Giraffe.

„Dann vielleicht doch lieber die Klobürste …“, brummte ich.

„Sei kein Spielverderber,“ schalt Rick und begann sich auszuziehen.

Eine halbe Stunde später wunderten sich meine Nachbarn – ein anständiges katholisches Rentnerpaar, das gerade vom Einkaufen kam –, daß ich wild schreiend aus meiner Wohnung rannte – nackt, mit der wild hinter mir herschlenkernden Liebesbällchen-Kette im Hintern und einer hochroten, geschwollenen Brustwarze. Rick stand ebenfalls nackt und „hunnengegürtet“ in meiner Tür und schrie: „Komm zurück, Baby! Ich konnte doch nicht wissen, daß die Nippelklemmen so weh tun!“

Er – und meine Nachbarn, deren Unterkiefer so gut wie auf dem Boden lagen – schauten auf den Riffeldildo in seiner Hand, und Rick rief: „Ehrenwort, Baby, den Giraffenschwanz halte ich ganz bestimmt von dir fern!“

Meine Nachbarin sah verträumt ihren Mann an: „Die Jugend, Alfons, ändert sich nie! Weißt du noch, wie du anno ’43 all diese interessanten Dinge aus Paris mitgebracht hast? Ich erinnere mich, es war ein Gerät dabei, das dem hier gar nicht unähnlich sah.“

Sie zeigte mit sanft zitterndem Finger auf den Dildo. Rick drückte ihn ihr in die leberfleckige Hand: „Den schenk ich Ihnen – mit freundlichen Grüßen von Dr. Eisenkraut.“

Funkelnden Auges hob Alfons seine Frau auf und trug sie über die Schwelle. Die Tür kickte er dynamisch mit dem Fuß zu.

Mir die schmerzende Brustwarze reibend, war ich inzwischen zurückgekommen. Rick und ich schauten resigniert auf die Einkäufe, die die rüstigen Rentner vor Erregung im Flur vergessen hatten und lauschten leisen Juchz-Geräuschen aus der Nachbarwohnung. Rick legte mir den Arm um die Schulter und sagte: „Na, bei denen funktioniert’s jedenfalls.“

Mit ein paar kräftigen *Plops!* entledigte ich mich der Liebesbällchen und tröstete ihn: „Phase Drei kann nur besser werden.“

Wenige Tage später nahm mich Rick mit in die Leihbücherei.

„Hast du noch nicht genug beknackte Selbsthilfebücher gelesen?" wollte ich wissen. Der Bibliothekar, ein knochiger Endfünfziger in einer grauen Strickjacke (aber mit rosa Socken) beobachtete skeptisch, wie wir hinter einem Bücherregal verschwanden.

Rick flüsterte: „Heute versuchen wir etwas aus Linda Rutters Buch *Das Ende der Frigidität.* Die Methode für unsere Phase Drei stammt aus dem Kapitel ‚Der öffentliche Klimax'."

„Ich vertraue dieser Frau Rutter nicht, die ist ja nicht einmal Akademikerin!"

„Aber sie war zwei Jahre in Tibet, wo sie Liebestechniken der Landbevölkerung studierte – steht jedenfalls auf dem Buchumschlag."

„Bloß weil sie Himalaya-Bauern beobachtet hat, die ihre Yaks vergewaltigen, weiß sie noch lange nicht, was mich anmacht!"

„Ihre Theorie besagt, daß Geschlechtsverkehr in der Öffentlichkeit das Schärfste sei."

„Und was sagt der Dalai Lama dazu?"

„Halt die Klappe, Baby, wir ziehen das jetzt durch!"

„Hier? Hinter dem Regal *Fontane bis Goethe?* Sollten wir uns nicht lieber in der Nähe von Truman Capote oder Hubert Fichte postieren?"

Rick ließ sich nicht aus dem Konzept bringen. Er drehte mich mit dem Gesicht gegen das Regal und zog mir die Hose herunter. Nach wenigen Minuten – und mit der Nase zwischen dem ersten und zweiten Teil des „Faust" – stöhnte ich: „Fester, tiefer! Ja, das ist des Pudels Kern!"

Das Bücherregal fing an, rhythmisch zu wackeln. Der junge Werther fiel zu Boden, dicht gefolgt von Effie

Briest. Als eine Goethe-Gesamtausgabe gefährlich nah an den Abgrund rutschte, versuchte ich, Rick zu einer sanfteren Gangart zu überreden, aber die Leidenschaft hatte ihn übermannt. Goethe krachte mir auf den Fuß, ich schrie „Auah!“, Rick schrie „Ich komme!“ und der Bibliothekar schrie: „Was ist denn hier los?“

Wir standen da wie eingefroren und starrten ihn – dessen Auftauchen wir gar nicht bemerkt hatten – entsetzt an. Doch das erwartete Donnerwetter blieb aus.

„Ach, noch einmal jung zu sein“, seufzte der Bibliothekar. „Nicht etwa, daß ich so etwas dulden würde,“ tadelte er milde lächelnd, während Rick und ich unsere Hosen hochzogen. „Wenn das noch mal vorkommt, gibt es Hausverbot. Und erzählt mir nicht, die Gedichte im *West-östlichen Divan* hätten euch so erregt. Die Entschuldigung zog schon damals nicht, als ich nach dem Deutschunterricht mit Hannes in der Schultoilette ertappt wurde. Das war 1956. Oder war's '57 mit Peter?“ Geistesabwesend gab er uns jeweils einen Klaps auf den Hintern und ging wieder an seine Arbeit.

„Phase Drei halte ich für extrem mißlungen“, seufzte ich beim Verlassen der Bücherei. „Stell dir nur vor, was passiert wäre, wenn der Bibliothekar nicht einer von uns gewesen wäre.“

Rick lächelte befriedigt: „Also, ich finde, wir machen Fortschritte.“

Ich stieß ihm den Ellenbogen in die Rippen: „Guter Sex bedeutet für mich, daß *zwei* sich amüsieren und nicht, daß einer mit der Nase zwischen Gretchen und Mephisto klemmt, während der andere …“

„Schon gut, schon gut, Baby. Es gibt ja immer noch Phase Vier.“

„Und wie funktioniert die?“

Rick grinste: „Laß dich überraschen.“

Der dritte Mann

Karl, Rick und ich saßen im Kino. Es lief *Einsam, zweisam, dreisam,* eine amerikanische Studentenkomödie: Der ultrageile Stephen Baldwin teilt sein Wohnheim-Zimmer mit einem Mädchen und einem Schwulen. Stephen ist scharf auf die Dame, die auf den Schwulen, und der wiederum auf Stephen. Am Schluß treiben sie es alle zusammen. So eine Art Grunge-Version von *Jules und Jim.*

Während Karl, für den die Baldwin-Brüder „die erotische Dreifaltigkeit" sind, jedesmal unkontrolliert zu sabbern begann, wenn Stephen auf der Leinwand auftauchte, war Rick ungewöhnlich schweigsam. Nach der Vorstellung stand Karl im Foyer mit glasigem Blick zwei Zentimeter vor einem Aushang-Foto von Stephen Baldwin. Rick sagte nachdenklich: „Der Film hat mich an die bevorstehende Phase Vier unseres Sex-Selbsthilfe-Planes erinnert."

Karl, der versuchte, das Baldwin-Bild mit den Fingernägeln zu lösen, wurde hellhörig: „Ihr habt Sexualprobleme?"

„Du ja wohl nicht," zischte ich, als er die Zähne zur Hilfe nahm. „Und was, Rick-Schätzchen, hat Phase Vier mit diesem Film zu tun? Sollen wir unsere Beziehungserotik etwa durch einen flotten Dreier aufpeppen?"

Rick grinste verlegen: „Genau. In der Untersuchung *Dynamik zu Dritt – Die geteilte Lust* von Dr. Josef ..."

„Mengele?" unterbrach ich lautstark. „Ich hab die Nase voll von deinen sadistischen Sexualtherapeuten! Die denken sich die absurdesten Selbsthilfe-Tricks aus, schreiben ein Buch drüber und haben den Rest ihres Lebens was zu Lachen, wenn sie sich vorstellen, daß es Idioten gibt, die ihre Tips ausprobieren – wie wir!"

Während Rick mich beruhigte und daran erinnerte, daß ich ihm versprochen hatte, intensiv mitzuhelfen, unser Sexleben aufzupeppen, versuchte Karl, der Kinokassiererin die Aushangbilder abzukaufen.

Ich jammerte: „Und wo sollen wir überhaupt einen dritten Mann finden?"

Karl unterbrach sein Feilschen und sah mit strahlenden Augen in unsere Richtung.

„Denk gar nicht erst dran", zickte ich ihn an.

„Ich wollte ja nur helfen," sagte Karl bescheiden und wandte sich wieder der Frau an der Kasse zu. „Wieviel wollen Sie?" kreischte er. „Dafür fahr ich nach Hollywood, Schätzchen, und kaufe mir Herrn Baldwin höchstpersönlich! Ach was – *alle* Baldwins!"

Am nächsten Abend versuchten wir – ohne Karl, das wäre wirklich zu anstrengend – unsere Nummer Drei zu finden. Wir saßen an verschiedenen Tischen in einer notorisch kontaktfreudigen Bar und flirteten. Wer zuerst Erfolg hatte, sollte per Blickkontakt feststellen, ob das „Opfer" dem Anderen auch gefällt, und ihn dann herüberwinken. Weiter hatten wir noch nicht zu denken gewagt. Bald setzte sich ein attraktiver Rothaariger zu mir und begann eines dieser Gespräche, die in jeder Schwulenbar der Welt mit „Hallo, bist du öfter hier?“ anfangen. Leider verdeckte der Rotschopf die Sicht auf Rick, so daß ich mich winden und strecken mußte, um Blickkontakt zu bekommen und herauszufinden, ob Rick mit ihm einverstanden war.

„Rückenschmerzen?“ fragte der Rothaarige.

„Furchtbare“, stöhnte ich und fiel beim Versuch, an ihm vorbeizusehen, vom Stuhl.

„Bei mir hilft es auch immer am besten, wenn ich mich lang auf dem Boden ausstrecke“, meinte mein Gegenüber verständnisvoll.

Ich schielte zu Rick, der das Daumen-Hoch-Zeichen machte.

„Ah, jetzt geht's viel besser“, sagte ich und setzte mich wieder. Alle Besucher des Lokals starrten mich an. „Rheuma“, rief ich in die Menge. „Kommt manchmal ganz plötzlich. Geerbt. Sehr unangenehm.“ Ich hüstelte und wandte mich wieder dem Rotschopf zu. Rick stand hinter ihm. Ich hatte nicht den leisesten Schimmer, was ich tun sollte.

„Willst du uns nicht vorstellen?“ fragte Rick.

„Das ist Gert – oder Bernd? – aus Marburg – oder Hamburg? –, und das ist mein Freund Richard“, stammelte ich.

„Bernd. Marburg“, sagte der Rothaarige. „Freund oder Freund-Freund?“

„Freund wie in Liebhaber“, lächelte Rick.

Bernd stand abrupt auf: „Dann bin ich hier wohl überflüssig.“

Rick und ich zogen ihn wieder auf den Stuhl und riefen im Chor: „Keineswegs!

„Kennst du zufällig *Jules und Jim?*“, fragte Rick und legte Bernd eine Hand auf die Schulter.

„Oder *Drei Mann in einem Boot?*" ergänzte ich und griff nach seinem Bein.

„Wollt ihr damit etwa andeuten, daß ihr einen Dreier vorhabt?" flüsterte Bernd mit brechender Stimme. „Mein letzter Freund wollte mich auch immer dazu überreden, und als wir es dann endlich taten – mit einem riesigen, muskulösen Schwarzen –, da ging alles kaputt." Bernd schniefte. „Und jetzt wohnt mein Schatz in Kenia, und ich bin ganz allein und suche verzweifelt einen netten Jungen für einen neuen Anfang und ..., und ihr wollt mich zum Spielball eurer Lust machen!"

Rick und ich sahen uns entsetzt an. Bernd heulte: „Das ist so gemein, so niedrig, so typisch schwul! Ich hasse die Szene!"

Während wir simultan erröteten und uns hastig entschuldigten, fing er plötzlich an zu lachen: „Hab euch ganz schön reingelegt, was? Alles erfunden, dieses deutsch-kenianische Drama. Ich habe überhaupt nichts gegen Dreier, aber – um ganz ehrlich zu sein – Rick, ich kann nicht auf grüne Augen, und außerdem sind deine Beine viel zu dünn." Kichernd stand er auf. Ich starrte ihn sprachlos an, und Rick schimpfte:

„Wie gemein, wie niedrig, wie typisch schwul! So mit unseren Gefühlen zu spielen!" Er streckte sein rechtes Bein hoch und ließ die Schenkelmuskulatur zucken: „Was ist daran bitte zu dünn?"

Während Bernd immer noch lachend an der Bar ein Bier bestellte, starrte wieder das ganze Lokal auf unseren Tisch.

„Rheuma. Bei ihm auch. Im rechten Bein. Unberechenbar und sehr schmerzhaft," erklärte ich den Gaffenden.

Ich wollte gehen, aber Rick setzte sich. Er gab nicht so schnell auf: „Sieh mal, da hinten in der Ecke, ist das nicht Wayne, dieser nette Ami, mit dem du vor unserer Zeit eine Affäre hattest?"

„Ja, und?"

„Also, ich hab auch mal mit ihm. Das heißt, er steht auf uns beide, und wir könnten ihn doch fragen, ob er was dagegen hat, gleichzeitig ..."

„Moment mal! Du hattest was mit Wayne? War das vor oder nach meiner Affäre mit ihm? Oder gar währenddessen?" schnaufte ich.

Rick seufzte: „Ist doch egal. Oder wirst du jetzt retrospektiv eifersüchtig? Und auf wen eigentlich? Wayne oder mich?"

„Ihr – zwei – Mistkerle!" schrie ich. „Wie gemein, wie niedrig, wie typisch schwul!" Ich sprang wütend auf, stolperte und fiel zu Boden.

„Rheuma! Das wißt ihr doch inzwischen!" rief Rick ins Lokal.

Ich beschloß, die verhängnisvolle Phase Vier sofort abzubrechen und zu gehen, doch Wayne hatte uns bemerkt – wer in dieser Bar hatte uns *nicht* bemerkt? – und steuerte auf unseren Tisch zu.

„Ich habe diese Szene eben zufällig mitbekommen", sagte Wayne sehr ernsthaft, „und wenn ihr mich fragt, gehört ihr beide in Behandlung."

„Wayne, das mit dem Rheuma ist nur ein Witz", erklärte Rick.

„Ich weiß", winkte Wayne ab. „Ich meinte, ihr braucht einen Psychiater. Noch ist es vielleicht nicht zu spät." Kopfschüttelnd ließ er uns stehen.

„Das war gemein", seufzte ich.

„Niedrig. Typisch schwul", sagte Rick. Frustriert verließen wir die Bar, ohne unseren dritten Mann gefunden zu haben. Der Türsteher wünschte uns kichernd „gute Besserung".

Am Wochenende waren wir bei Karl zum Videoabend eingeladen. Es gab *Drei von ganzem Herzen,* eine Dreiecksgeschichte zwischen zwei Frauen und dem ultrageilen William Baldwin. So eine Art *Jules und Jim* auf lesbisch und fast so hysterisch wie das wahre Leben – mit dem Unterschied, daß die Menschen im Film immer besser aussehen als in Wirklichkeit. Jede Szene, in der William Baldwin Haut zeigt, mußten wir auf Karls besonderen Wunsch in Zeitlupe ansehen. Da William einen Callboy spielt, zieht er sich ziemlich oft aus, und so dauerte der Film in der Karl-Version etwa drei Stunden.

„Diese Baldwins machen mich wahnsinnig!“ knurrte Karl, der in seinem Schlafzimmer einen Baldwin-Schrein errichtet hatte: Fotos der drei schauspielernden Brüder in einem silbernen Rahmen, davor eine brennende Kerze. Immer, wenn Karl daran vorbeikam, bekreuzigte er sich und murmelte: „Im Namen des Alec, des William und des himmlischen Stephen.“

Nach dem Film grübelte Rick: „Dreierkisten scheinen in Hollywood ziemlich angesagt zu sein.“

„Stimmt. Ob Alec, Stephen und Billy wohl als Teenager zusammen ...“, seufzte Karl und sah verträumt lächelnd in die Ferne. Er faßte sich wieder und kicherte: „Bei euch dagegen scheint das böse Rheuma Dreiecksgeschichten ja zu verhindern. Glotzt mich nicht so überrascht an, solche Auftritte sprechen sich rum. Und wie ich die schwule Szene kenne, werdet ihr in den nächsten Tagen jede Menge Anrufe bekommen – von Herren, die gerne der Schinken zwischen euch beiden süßen Toastscheiben wären.“

Rick stöhnte, legte mir den Arm um die Schultern und sagte: „Mir reicht's. Was hältst du davon, wenn wir nächste Woche das Telefon abstellen, uns im Schlafzimmer einschließen und jeden Abend stocklangweiligen Beziehungssex treiben?"

Ich atmete auf: „Nichts täte ich lieber."

„Ich wußte doch, daß ihr wieder zur Vernunft kommt, ihr Turteltäubchen", sagte Karl und stellte knicksend noch eine Kerze vor seinen Baldwin-Schrein.

Eine verhängnisvolle Affäre

Manchmal schlägt das Schicksal im Supermarkt zu. Ich stand vor dem Kühlregal, um meinen Vorrat an Rhabarber-Joghurt und Milchschnitten aufzustocken, als ich neben mir eine männlich-markante Stimme laut fluchen hörte:

„Where the fuck is the fucking frozen O-juice?" (Auf deutsch: „Ach wie ärgerlich, ich kann den gefrorenen Orangensaft nicht finden.")

Ich sah zur Seite und erblickte einen großen, dunkel gelockten Mann, dessen Muskeln die Knöpfe seines ärmellosen Holzfällerhemdes fast sprengten. Meine Milchschnitten glitten zu Boden, meine Knie begannen unkontrolliert zu zittern, ich wankte und mußte mich ins Kühlregal setzen, was weder für meine Hose noch für einige brutal zerquetschte Streichkäsepackungen gut war. Fasziniert starrte ich den immer noch fluchenden Amerikaner an. Er sah aus wie sämtliche Jeans- und Unterhosenwerbungen der Welt in einer Person. Daß es solche Menschen wirklich gibt! Ich dachte immer, die absolute

Schönheit aus Anzeigen und Videoclips entstehe nur durch gute Beleuchtung, großzügig aufgetragenes Make-up, schnelle Schnitte und Retusche. Doch dieser Mann war der lebende Beweis des Gegenteils. Und jetzt sprach er mich auch noch an:

„Whaddaya think you're doing, sitting down in the fucking cream cheese?" (Auf deutsch: „Verzeihen Sie bitte, ich glaube, Sie sitzen im Streichkäse.")

Ich strahlte ihn an und antwortete in meinem besten Schulenglisch: *„How do you do? My name is Baby."* (Auf deutsch: „Nimm mich, Schätzchen, nimm mich sofort!")

Der Amerikaner half mir aus dem Käse, und ich erklärte ihm, daß es in Deutschland keinen gefrorenen Orangensaft gibt, woraufhin er sich beruhigte und vorstellte. Er hieß Bob und war Model, aber im Moment ohne Job. Auf der Suche nach Foto- oder Laufsteg-Aufträgen bereiste er gerade Europa. Und er hatte kein Geld mehr für ein Hotel. Ob ich ihn vielleicht für ein paar Tage in meiner Wohnung unterbringen könne, wollte er wissen. Da trifft man sich zufällig im Supermarkt, und schon will er bei mir einziehen! Typisch Ami. Natürlich kommt es nicht in Frage, daß ich einen Wildfremden einfach so mit in mein Apartment nehme. Das ist viel zu klein für zwei Personen. Ich habe auch nur ein einziges Bett. Moment mal: Nur ein Bett ...?

„Selbstverständlich kannst du bei mir wohnen, Bob", sagte ich und tätschelte seinen Trizeps, der sich unter meiner Hand anspannte. Wenn ich mich schon aufführe wie in der klassischen Kennenlernszene eines billigen US-Pornos, dachte ich, dann richtig. Ich ließ meine Finger zu Bobs breiter Schulter hinaufwandern, leckte mir die Lippen und seufzte: „Solange du willst."

„Nenn mich Bobby", sagte er. „Und jetzt laß uns mein Gepäck aus dem Bahnhofsschließfach holen." (Wie der geneigte Leser sicher bemerkt hat, wende ich gerade einen raffinierten literarischen Trick an: Ich bringe die englischen Dialoge auf deutsch. Das ist viel einfacher zu lesen und – um ganz offen zu sein – auch einfacher zu schreiben.)

Eine Stunde später waren wir bei mir zu Hause. Bob zog sich sofort bis auf die Calvin-Klein-Unterhose aus und begann, Liegestütze zu machen.

„Tägliches Training – zwölf, dreizehn – ist wichtig für meinen Job", erklärte er, als das Telefon klingelte.

Ohne den Blick von ihm zu wenden, griff ich nach dem Hörer und flüsterte heiser: „Hallo?" Es war mein Lebensgefährte Rick.

„Schätzchen, weißt du, was heute für ein Tag ist?" fragte er.

„Nein", röchelte ich, beobachtete einen Schweißtropfen, der langsam Bobs Flanke hinabperlte, und dachte: Im Moment weiß ich nicht einmal mehr genau, wer Rick ist.

„Heute vor genau zwei Jahren haben wir uns kennengelernt! Ein Grund zum Feiern! Ich habe schon eine Flasche *Veuve Cliquot* unterm Arm und komme mit der nächsten Straßenbahn zu dir 'rüber", jubelte Rick.

„*Nein!*" schrie ich entsetzt. „Ich … ich bin schrecklich krank. Völlig vergrippt. Verdacht auf Lungenentzündung … und äh … TBC! Beulenpest! Ich will dich auf keinen Fall anstecken. Bleib, wo du bist! Komm bloß nicht her!"

„Aber Baby …?" fragte Rick.

Ich knallte den Hörer auf und zog das Telefonkabel aus der Steckdose.

„Wer – hundertvier, hundertfünf – war das?" wollte Bob wissen.

„Niemand", flüsterte ich. „Absolut niemand."

Bob stand langsam auf und legte seine große Hand auf meine Hüfte: „Körperliches Training macht mich immer ziemlich scharf."

Dreiundvierzig Minuten und diverse Orgasmen später klingelte es an der Tür. Bob war unter der Dusche, ich lag nackt und halb ohnmächtig auf dem Küchentisch.

„Mach auf, Baby", rief Rick von draußen. „Bloß weil du krank bist, laß ich dich doch nicht im Stich!"

Ich wickelte mir die Tischdecke um die Hüften, wankte resigniert zur Tür, öffnete und ratterte los: „Sag nichts und hör einfach zu. Stell dir vor, du triffst im Supermarkt den schönsten Mann der Welt, er kommt mit zu dir, zieht sich aus und stürzt sich auf dich. Was würdest du tun?"

„Ich habe den schönsten Mann der Welt schon vor zwei Jahren gefunden, Baby", sagte Rick und legte mir einen Strauß Rosen und eine Flasche Champagner in die Arme. „Wenn du erkältet bist, Schätzchen, solltest du etwas Wärmeres tragen als eine Tischdecke – obwohl das vom Standpunkt avantgardistischer Mode aus natürlich ein Geniestreich ist, um den dich Vivienne Westwood beneiden würde."

Bob kam nackt aus dem Badezimmer. Rick blickte ihn erbleichend an und schlug vor: „Vielleicht hast du für den Herrn auch eine Tischdecke, um seine Blöße zu bedecken? Ähm … wer ist das überhaupt?"

„Komisches Land", murmelte Bob. „Es gibt keinen gefrorenen Orangensaft und zu Hause tragen die Eingeborenen Tischdecken um die Hüften." Er winkte Rick zu und grüßte: „Hi, wie geht's?"

„Baby!" insistierte Rick. „*Wer ist das?*"

„Das ist Bob", sagte ich tonlos. Rick starrte mich fassungslos an. Bob lief, immer noch nackt, um den Küchentisch und sammelte Kondome auf. Er hielt sie hoch und fragte: „Wo ist der Abfalleimer, Baby?"

„Taucht gleich Harald Schmidt auf und erklärt mir, wo die Kamera versteckt ist?“ stammelte Rick. „Oder ist das hier ernsthaft das blödeste aller Beziehungsklischees: Der trottelige Liebhaber, der seinen betrügerischen Freund *in flagranti* ertappt? Am Hochzeitstag natürlich!“

„Was regt der sich so auf?“ fragte Bob, öffnete das Fenster und schmiß die Gummis hinaus. „Ist das dein Lover oder was?“

„Das *war* ich!“ brüllte Rick, riß mir die *Veuve Cliquot* aus der Hand und schleuderte sie gegen die Wand.

„Wenn wir uns hier schon aufführen wie in einem miesen Boulevardstück, dann richtig!“ schrie er, ohrfeigte mich mit dem Handrücken und knallte die Wohnungstür hinter sich zu.

„Wow! Ziemlich hysterisch, die Deutschen“, grinste Bob und kam auf mich zu. „Laß es uns noch mal machen, gleich hier, auf dem Teppich.“

„Warum nicht“, seufzte ich, „wenn ich mich schon aufführe wie Joan Collins in *Die Stute,* dann richtig. Ist ja sowieso schon alles zu spät.“ Ricks Rosen glitten aus meinen Händen zu Boden und wurden unter unseren verschlungenen Körpern zerdrückt.

Zweieinhalb Tage wohnte Bob bei mir. Dann sagte er freundlich danke und *bye-bye* und machte sich auf den Weg nach Mailand, wo er sich gute Chancen auf einen Job erhoffte. Mir blieben wunde Geschlechtsteile, das Gefühl, 56 Stunden in einem Pornofilm gelebt zu haben und Bobs Calvin-Klein-Shorts, die er unter dem Küchentisch vergessen hatte. Ich überlegte, ob ich sie rahmen, an die Wand hängen und zwei Kerzen davor stellen sollte: Denkmal einer verhängnisvollen Affäre, die zwei Jahre Beziehung zu Rick in zwei Tagen ruiniert hatte. Kurz entschlossen warf ich sie stattdessen in den

Mülleimer und machte mich auf den Canossa-Gang zu Rick, um Verzeihung zu erflehen. Ein erotisches Intermezzo ist es doch nicht wert, eine Liebe aufzugeben.

Unrasiert, mit geröteten Augen und im schmuddeligen Jogginganzug ließ Rick mich ein. Eine Zigarette hing zwischen seinen trockenen Lippen. Die Vorhänge waren geschlossen, Dutzende leerer Bierflaschen standen herum, auf dem CD-Player grämte sich Billie Holiday.

Ich flüsterte: „Liebling, verzeihst du mir? Die Ami-Schnitte ist weg, ich bin ganz alleine und fürchterlich deprimiert und ich brauche dich."

Rick schluckte und fragte: „Hast du ihn rausgeschmissen oder hat er dich sitzenlassen?"

„Naja, er ist gegangen, aber ich hätte ihn bestimmt sowieso bald ..."

„Hättest du nicht. Wenn er bei dir wäre, würdet ihr euch gegenseitig die Tischdecken vom Leib reißen, und du würdest keinen Gedanken an mich verschwenden. Genau wie vorgestern. Ich habe deine kleinen Seitensprünge immer übersehen, Baby, aber – um deine geliebte Barbra Streisand zu zitieren – *enough is enough!* Ich werde dir das niemals verzeihen. Aus meinen Augen!"

„Wenn wir uns schon aufführen wie in einem Strindberg-Stück für Schwule, dann richtig", sagte ich, fiel auf die Knie und umklammerte heulend Ricks Beine. Die Asche seiner Zigarette rieselte auf mein Haupt. „Ich liebe dich!" wimmerte ich.

„Das hättest du dir früher überlegen sollen", brummte er und befreite seine Beine aus meinem Griff. „Verschwinde. Ich wünsche dir noch ein schönes Leben."

„Sei doch nicht so stur, Rick. Es waren nur zweieinhalb Tage. Stell dir einfach vor, du hättest mir Beziehungsurlaub gegeben."

„Und sobald dir wieder einer über den Weg läuft, den du nicht auslassen willst, nimmst du wieder ‚Urlaub'? Pah!" tobte Rick. „Kommt nicht in Frage. Wie soll ich noch Vertrauen zu dir haben? Ich habe zwei Tage lang gar nicht existiert für dich. Wenn ich dich gebraucht hätte – wenn meine Mutter gestorben wäre, wenn ich einen Unfall gehabt hätte –, du wärst nicht für mich da gewesen."

Er nahm wütend ein paar Tupperware-Schalen vom Tisch und schleuderte sie zu Boden, wo sie mit einem ganz undramatischen Plop aufschlugen.

„Wenn du dich schon aufführst wie Anna Magnani, dann richtig", sagte ich und hielt ihm eine Kristallvase hin, die ich ihm zum Geburtstag geschenkt hatte.

„Genau!" schrie Rick und zerschmetterte die Vase. Entsetzt kroch ich auf dem Boden herum und versuchte die Scherben aufzusammeln.

„Ich hab das nicht so gemeint, es sollte ein Witz sein – um die Stimmung zu lockern", stammelte ich erschrocken. „Aber du hast wirklich mein Geburtstagsgeschenk zerbrochen. Hoffentlich kann man die Scherben wieder kitten."

Rick starrte ungerührt auf mich herunter und sagte: „Hier kann nichts mehr gekittet werden. Und diesmal gibt es auch keine Schlußpointe, die alles wieder gut macht."

Ich blickte auf die Scherben in meiner Hand. Bisher hatte ich alle Dramen meines Lebens in ein Happy-End münden lassen. Diesmal sah es so aus, als hätte jemand anders die Regie übernommen.

Abschied ist ein bißchen wie Sterben

Phase 1: Isolierung

Ich saß in meinem verdunkelten Schlafzimmer. Vor mir leere Sherryflaschen, überfließende Aschenbecher und Reste von Schokoriegeln. Im Arm hielt ich das häßlichste Plüschtier der Welt, eine Art schielenden Mops mit Fledermausohren, Krallenfüßen und Rattenschwanz, hergestellt in einer Behindertenwerkstatt. Den hatte mir Rick zu Weihnachten geschenkt, weil er meinte, so etwas Häßliches findet sonst nie ein Zuhause und muß im Spielwarengeschäft einsam altern. Ich schniefte ein wenig Rotz in ein zerfleddertes Tempotuch und dachte: Ganz allein alt werden – das steht mir jetzt auch bevor. Seitdem Rick mich *in flagranti* mit einem amerikanischen Model ertappt hatte, sprach er nicht mehr mit mir, legte auf, wenn ich ihn anrief, und ließ meine Briefe und Fleurop-Verzeihungs-Rosen gnadenlos zurückgehen. Ich wimmerte noch ein wenig und zupfte mir feuchte Tempo-Fussel aus den Wimpern.

Neben mir lag Elisabeth Kübler-Ross' Buch über die fünf Phasen des Sterbens. Ich las darin, weil ich mich meiner Depression hingeben wollte und mir nichts Traurigeres vorstellen konnte als ein Sachbuch voller Interviews mit Sterbenden.

Auf dem CD-Player, den ich auf *repeat* gestellt hatte, schluchzte Katja Epstein unentwegt „A-habschied ist ein bißchen wie Stä-härben, ist wie alles verlieren, weil es dich nicht mehr giiibt".

Meine Zukunft ist ein düsterer, bodenloser Abgrund ohne Wärme und Liebe, dachte ich und ließ eine Träne auf das Foto von Rick fallen, das in meinem Schoß lag. Noch bevor ich die melancholische Stimmung dieser Szene rasch notieren und als Drehbuch-Idee an Ingmar Bergman schicken konnte, riß mich das Läuten des Telefons aus meiner Trauer.

Phase 2: Zorn

„Oh Baby," jaulte Karl am anderen Ende der Leitung, „es ist ja soo schrecklich traurig!"

Nanu, hatte Rick ihm von unserer Trennung erzählt? Gerührt von Karls Anteilnahme stammelte ich:

„Karlchen, du Lieber, danke für dein Mitgefühl!"

„Ist doch klar, Baby. Für mich ist es genauso furchtbar wie für dich. Und für Millionen andere, die ihn von ganzem Herzen geliebt haben!"

„W-w-welche Millionen?"

„Na, all die Fans natürlich", schluchzte Karl. „*Take That* ohne Robbie Williams – was für eine Tragödie! Er hätte Mark, Gary, Jason und Howard nie verlassen dürfen. Gut, daß ich wenigstens noch meine Robbie-Puppe habe. Als einzigen Trost ..."

Hemmungsloses Heulen bei Karl.

Fassungsloses Staunen bei mir.

„*Take That* getrennt?“ fauchte ich. „Na Gott sei Dank. Wenn sich die *Rolling Stones* rechtzeitig aufgelöst hätten, müßten sie ihre rheumatischen Altmänner-Kadaver heutzutage nicht mehr auf die Bühnen der Welt quälen. Kann man doch froh sein, daß *Take That* das erspart bleibt!“

Mit diesen Worten schleuderte ich den Hörer auf die Gabel. Was wußte denn Karl von Trauer? Was war sein Gejammer gegen mein Tal der Tränen? Ich brauchte Beistand in der Not, und er kam mir mit Banalitäten aus dem Show-Business.

Wütend hackte ich die Nummer meiner Freundin Lola in die Tasten. Die würde mich trösten, da war ich mir sicher.

Auch Lola war in tränendrüsiger Stimmung. Kaum hatte ich mich gemeldet, schluchzte sie in den Hörer:

„Oh Baby! Es ist ja soo schrecklich traurig.“

„Ja, ja, ich weiß. Robbie hat *Take That* verlassen,“ sagte ich.

„Was interessieren mich *Take That?* Bin ich pubertär, hirnamputiert und hormonübersteuert?“ keifte Lola. „Viel schlimmer: Liz Taylor trennt sich von Larry Fortensky, ihrem siebten Ehemann! Und ich dachte, in seinen starken Bauarbeiterarmen hätte die arme Lizzie endlich die Liebe und Geborgenheit gefunden, die jede Frau verdient. Ich übrigens auch. Warum habe ich eigentlich keinen Lover?“ Lola wurde lauter. „Ich brauche keine sieben Gatten, aber ein Freund für drei oder vier Wochen wäre ja mal ganz schön!“ Ich hielt den Hörer mit ausgestrecktem Arm ins Zimmer. Aus der Ferne näselte Lola blechern: „Aber nein, für mich interessieren sich die Herren nicht. Nur weil ich nicht aussehe wie so eine *Baywatch*-Tusse mit pneumatischen

Titten. Ich könnte natürlich meine Haare toupieren und einen Wonderbra kaufen ..."

In meiner desolaten Situation waren meine besten Freunde ausnahmsweise mal keine Hilfe – die hatten genug mit sich selbst zu tun. Aber es gab da noch jemand, auf den ich mich immer verlassen konnte.

„LOLA!" schrie ich ins Telefon. „Tschüs! Ich muß jetzt Schluß machen!"

„Tschüs, Baby", sagte Lola. „Nur noch eins: Meinst du, ich habe vielleicht mehr Glück bei jüngeren Männern?"

„Versuch's mal bei Robbie Williams, der ist im Moment ziemlich einsam", antwortete ich und legte auf. Dann wählte ich die Nummer meiner Eltern.

Phase 3: Verhandeln

Meine wunderbaren Erzeuger eilten sogleich herbei, um Katastrophenhilfe zu leisten. Als ich die Tür öffnete, fiel Mutti mir schluchzend in die Arme.

„Was hast du denn?" fragte ich. „Ist es wegen Robbie? Oder wegen Liz und Larry?"

Sie trocknete resolut ihre Tränen und faßte sich wieder: „Unsinn. Aber daß du dich von Rick trennst, ist doch wirklich zum Heulen."

Mein Vater – dem die Situation eher peinlich war – verschwand im Badezimmer, um sich „frisch zu machen". Mutti zog ein *MännerAktuell*-Heft aus der Handtasche: „Hier, Kind, für einsame Nächte. Vati braucht das ja nicht zu sehen. Aber ich weiß, wie es ist, wenn in der Jugend die Hormone verrückt spielen und keiner mehr da ist, an dem man sich abreagieren kann."

Außerdem hatte sie noch einen selbstgemachten Rührkuchen, Erfrischungsstäbchen von Sprengel („Die gibt's noch?" rief ich erstaunt), eine Stange Zigaretten und zwei Flaschen Sherry mitgebracht. Sie zwinkerte mir aufmunternd zu, setzte Teewasser auf und begann den Tisch zu decken.

Tee und Kuchen wollten mir nicht recht schmecken. „Du mußt etwas gegen das Gefühl der Einsamkeit tun", riet mein Vater. „Kauf dir doch einen Hamster."

„Besser nicht", widersprach meine Mutter. „Hamster sind launisch, stinken und stören einen nachts beim Schlafen." Sie sah ihren Mann durch den Rauch ihrer Zigarette an und seufzte.

Mein Vater legte mir tröstend den Arm um die Schultern und sagte: „Vielleicht ganz gut, daß dieser ...äh ... Rick aus deinem Leben verschwunden ist. Wenn jetzt doch noch das richtige Mädchen auftaucht, bist du wenigstens frei."

Meine Mutter stieß ihn in die Seite: „Halt die Klappe, du alter Hamster. Wann wirst du endlich mit diesem Richtigen-Mädchen-Quatsch aufhören?"

„Man wird ja wohl noch hoffen dürfen", schimpfte mein Vater und stopfte sich eine Gabel voll Kuchen in den Mund. Mutti wechselte genervt das Thema: „Du solltest verreisen, dabei vergißt man am schnellsten. Fahr nach Sitges oder Mykonos, da gibt es nette Jungs."

„Nach Stockholm oder Paris, da gibt es nette Mädels!" schlug mein Vater vor, was ihm einen weiteren Rippenstoß einbrachte.

Zwei Stück Kuchen und diverse unbrauchbare Ratschläge später – viel Sport treiben! Ein neues Hobby beginnen: Makramee! Töpfern! Seidenmalerei! Sich die Haare färben! Vielleicht doch ein Hamster? Vielleicht doch ein Mädchen (Rumms: Rippenstoß!) – verabschiedeten sich meine Eltern. Meine Mutter war schon im Treppenhaus, als mein Vater sich verschwörerisch zu mir umdrehte, etwas in meine Hand drückte und flüsterte:

„Hier, Junge, für einsame Nächte. Mutti braucht das ja nicht zu sehen! Wir Männer haben nun mal Hormone, die manchmal verrückt spielen – und wenn man dann niemanden zum abreagieren hat …“

Ich starrte wortlos auf sein Geschenk – ein *Penthouse*-Magazin –, verpaßte ihm (stellvertretend für meine Mutter) einen Stoß in die Rippen und schloß hinter ihm die Tür.

Phase 4: Depression

Ich legte „Frank Sinatra Sings For Only The Lonely“ auf (die Platte, die er Mitte der 50er einspielte, nachdem Ava Gardner ihn verlassen hatte), zog die Knie unters Kinn und knabberte mit wehem Herzen Muttis Erfrischungsstäbchen. Da läutete es wieder.

Wenn das Vati mit einem *Playboy*-Abo ist, dachte ich, kündige ich ihm die Verwandschaft.

Glücklicherweise war es nur Karl, der in meine Wohnung rauschte und deklamierte: „Deine Mutter hat mich herbestellt. Als Wachablösung, damit du dir nichts antust, dich mit der Kuchengabel entleibst oder so … Ich weiß alles. Schrecklich, schrecklich. Ihr habt so gut zusammen gepaßt.“ Er hielt inne und schniefte: „Wie *Take That.* Und jetzt sind sie ohne Robbie.“

Ich schlug entnervt die Hände vor die Augen. Karl setzte sich und nahm ein Stück Kuchen: „Keine Angst, ich beherrsche meinen persönlichen Schmerz – köstlich, selbstgemacht? –, um dir in der Stunde der Not beizustehen. Darf ich noch ein Stück? Danke. Ach, ich seh schon, du machst alles falsch: Selbstmitleid, Sinatra und Süßigkeiten! Ts, ts, ts. Nimm dir lieber ein Beispiel an Alexandra del Largo aus Tennessee Williams' *Süßer Vogel Jugend,* die das Vergessen in den leidenschaftlichen Armen junger

Liebhaber findet. Komm, wir gehen in die schwule Sauna und vertreiben Trübsal mit Sinnlichkeit."

„Spinnst du, Karlchen? Kommt nicht in Frage."

„Hast du Angst, Rick dort zu treffen?"

Ich zerrte Karl vom Stuhl hoch und schob ihn zur Tür. „Ich möchte jetzt wirklich lieber allein sein", erklärte ich.

Karl zuckte die Schultern: „Bitte sehr – geh ich eben wieder."

Als ich die Tür öffnete, zog auf der Straße gerade eine hysterisch heulende Gruppe von Teenager-Mädchen vorbei, die ein Transparent mit der Aufschrift *„Robbie, come back"* vor sich her trugen. Karl küßte mich zum Abschied schnell auf beide Wangen, quietschte „Roobbiiee, Roobbiiee!" und schloß sich den erschrockenen Demonstrantinnen an. Kopfschüttelnd drehte ich die Augen gen Himmel.

Phase 5: Zustimmung

Ich ließ die Jalousien herunter, schenkte mir ein Glas von Muttis Sherry ein und postierte meine Tempotücher in Griffbereitschaft. Wieder allein mit meiner Einsamkeit, nickte ich sanft ein und träumte: Mit einem riesigen Transparent, auf dem *„Rick, come back"* stand, ging ich vor seiner Haustür auf und ab, bis Rick lachend herauskam und mich in die Arme nahm. Schon im Traum wußte ich, daß er mir in Wirklichkeit nicht so leicht vergeben würde.

Als ich aufwachte, war es stockfinster draußen, kein Stern stand am Himmel. Ich seufzte tief, ging langsam zum CD-Player und schaltete ihn ein. Sinatra sang leise: *„Blues In The Night."*

Baby Goes West

(Mit dramatischer Stimme laut zu lesen:)

Coming soon to a book near you: A thousand thrills, a million adventures! A voyage into the unknown – where our heroes encounter mysteries, models, madmen and murderers! Streetfights, gunfights, catfights! A true tale in Baby-Color and Baby-Vision! Action! Drama! Romance! Don't miss it!

Der Onkel aus Amerika

Ich hatte Karl noch nie so aufgeregt gesehen. Er sog an einer Mentholzigarette wie an der Mutterbrust und rührte hektisch in seiner Tasse herum.

„Wenn du Butter produzieren willst, solltest du den Tee mit mehr Milch trinken, Schätzchen", sagte ich und stoppte das Geklimper von Löffel gegen Porzellan mit einem Griff an sein Handgelenk. „Erzähl schon! Was ist los?"

Karl sank auf sein Sofa zurück, seufzte und begann nervös sein Godzilla-Stofftier zu kneten. Dramatisch drückte er die Zigarette im Käsekuchen aus: „Ich kann nichts essen, Baby, ich bin viel zu aufgeregt. Stell dir vor, ich habe einen Onkel in Amerika, der mir seinen Besitz vermachen will. Bis vor ein paar Tagen hatte ich keine Ahnung, daß er existiert. Onkel Peter ist ein Bruder meines Vaters und wanderte Ende der 60er Jahre in die USA aus – wegen irgendeines düsteren Familienskandals, über den meine Eltern sich weigern, mit mir zu reden. Mein Vater sagt, für ihn sei Peter gestorben und begraben. Und diese zwielichtige Gestalt schreibt mir aus heiterem

Himmel, ich solle nach Florida kommen und sein Erbe antreten. Er hat sogar einen Scheck für die Reisekosten beigelegt. Warum ich, Baby? Und wenn er noch lebt, wieso soll ich schon jetzt erben? Was will dieser Kerl von mir?"

„Fahr hin und finde es heraus. Vielleicht lohnt's sich. Heißt dein Onkel mit Nachnamen Carnegie, Rockefeller oder Perot?"

„Quatsch, er ist bestimmt kein Millionär. Der Brief kommt nicht aus Newport oder Beverly Hills, sondern aus Gainesville. Ich habe im Atlas nachgesehen: eine Kleinstadt in der Nähe des Golfes von Mexiko, wahrscheinlich mitten in den Sümpfen."

Ich rieb mir die Hände: „Hört sich faszinierend an. Ein unheimliches Familiengeheimnis, ein Ausgestoßener, der zwischen Alligatoren und Bisamratten ein Einsiedlerdasein führt, ein Vermögen von vielleicht märchenhaften Ausmaßen, das einen Erben sucht – Barbara Cartland könnte daraus einen wunderbaren Roman stricken."

„Für mich hört sich das eher nach dem frühen Truman Capote oder Carson McCullers an", brummte Karl und rührte wieder im Tee, daß die Tropfen nur so flogen. „Was soll ich bloß tun?"

„Ich hab doch schon gesagt: hinfahren."

„Ich trau mich nicht."

„Sei nicht albern."

„Wenn ich nicht allein wäre …"

„Du weißt, ich würde dich begleiten, wenn ich das nötige Geld hä …"

„Kein Problem! Der Scheck meines Onkels ist sehr großzügig. Reicht für zwei. Ich hab mich schon im Reisebüro informiert."

„Das hast du doch geplant!"

Karl grinste, hörte auf zu rühren und kicherte: „Klar. Du machst doch jetzt keinen Rückzieher?"

Ich nahm ihm den Plüsch-Godzilla vom Schoß und begann nachdenklich das Stofftier zu streicheln.

„Hmmm ... Natürlich nicht, Karlchen. Aber ich habe zwei Bedingungen. Erstens: Wenn wir nach Gainesville wollen, müssen wir sicher über New York und Miami reisen – zwei Städte, die ich schon immer kennenlernen wollte. Laß uns dort jeweils ein paar Tage bleiben. Das wird bestimmt lustig – und außerdem hilft es mir vielleicht, über die Trennung von Rick hinweg zu kommen."

„Wunderbare Idee, Baby, aber wie sollen wir das bezahlen?"

„Och, wenn ich meinem Vater erzähle, daß ich hoffe, in den USA endlich ‚das richtige Mädchen' zu treffen, wird er, ohne zu zögern, für die Finanzierung sorgen."

„Du Schelm! Tut man das, seinen armen Papi so böse anlügen?" kicherte Karl. „Und was ist die zweite Bedingung?"

„Godzilla kommt mit. In aufregenden Situationen – und davon erleben wir hoffentlich jede Menge – ist seine stille Stärke so beruhigend."

Unsere beste Freundin Lola brachte uns in ihrem klapprigen, alten Renault zum Flughafen. Mit Tränen in den Augen winkte sie uns nach, als wir durch die Zollabsperrung verschwanden.

„Ich glaube, Lola wäre wahnsinnig gerne mitgeflogen", sagte Karl und hielt dem Zollbeamten seinen Paß hin.

„Moment mal, das sollen Sie sein? Das Bild in Ihrem Ausweis hat keinerlei Ähnlichkeit mit Ihnen!" warf der Zöllner Karl vor.

„Da können Sie mal sehen, was ein guter Friseur, die Tagescreme von Margret Astor und der regelmäßige Besuch eines Bräunungsstudios ausmachen", zickte Karl und musterte den Beamten kritisch. „Nehmen Sie sich ein Beispiel, Schätzchen."

Erschrocken winkte der Zöllner uns weiter.

Nach Gepäckkontrolle und Leibesvisitation („Keine Hasenpfote, alles echt", hatte Karl dem verblüfften Abtaster zugeflüstert) bestiegen wir endlich das Flugzeug. Ich saß am Fenster, Karl neben mir, der Platz am Gang war noch frei.

„Hoffentlich sitzt da nicht so ein schwitzender menschlicher Fleischklops, dessen Fett über den Sitz quillt", knurrte Karl.

„Keineswegs", hörten wir eine vertraute Stimme sagen. Wir blickten auf und sahen Lola im Gang stehen – mit einer rosa Schirmmütze auf dem Kopf und in einem hellblauen Jogginganzug mit Paisley-Muster. Karl und ich ließen synchron die Unterkiefer auf die Brust fallen.

„Glotzt nicht so, Liz Taylor fliegt auch immer in lässiger Freizeitkleidung", erklärte Lola und ließ sich neben Karl auf den Sitz plumpsen. Sie kramte in ihrer Handtasche, gab jedem von uns ein Kaugummi („Damit die Ohren frei bleiben trotz der Druckveränderung") und seufzte: „Amerika! Da wollte ich immer schon hin. Und als ihr eure Reise geplant habt, entschloß ich mich, euch zu überraschen und mitzufahren. Fiel mir gar nicht leicht, in der Abflughalle Tränen zu produzieren! Kaum wart ihr weg, als ich mein Gepäck aus dem Auto holte, mich auf der Flughafentoilette umzog und selbst eincheckte. Na, was sagt ihr?"

„Was wir sagen?" fragte Karl und sah mich an.

„Phantastisch sagen wir!" riefen wir gleichzeitig.

Lola strahlte und winkte nach der Stewardeß: „Champagner, bitte."

Die Flugbegleiterin, eine stämmige Rothaarige mit Schultern wie Mike Tyson, knurrte: „Sie reisen Touristenklasse, falls Sie's noch nicht wissen", und drehte ab.

Lola zuckte grinsend die Schultern und zog eine Flasche Sherry aus ihrer geräumigen Handtasche: „Zollfrei, Jungs! Trinken wir auf Amerika!"

Sieben Stunden und ein paar Flaschen Sherry später – Lolas Handtasche war ein Faß ohne Boden – trafen wir sehr heiter am JFK-Flughafen von New York ein. Lola antwortete auf die Fragen der schwarzen Einreisebeamtin: „Nein, die Reise ist nicht geschäftlich, sondern zum Vergnügen. Und wie! Was? Hihihi, natürlich führen wir keine Tiere ein!"

„Außer dem hier", kicherte Karl und hielt seinen Stoff-Godzilla hoch. Die Schwarze tätschelte das Plüschtier und sagte: „Herzlich willkommen in Amerika."

So ist das eben in New York

Die Aufzugtüren öffneten sich. Karl und ich traten auf die Aussichtsplattform des Empire State Building hinaus. Lola saß auf dem Liftboden und schnarchte, bis der Aufzugführer sie wachrüttelte und hinter uns herschleppte.

„Ich glaube, das gehört Ihnen“, sagte er, ließ Lola in meine Arme plumpsen und verschwand wieder im Lift.

„Ich hasse die Zeitverschiebung“, keuchte Lola.

Karl gab ihr ein paar sanft tätschelnde Ohrfeigen: „Ich hab dir doch erklärt, wir müssen am ersten Abend mindestens bis Mitternacht New Yorker Zeit wach bleiben, sonst schleppen wir den Jet-Lag den ganzen Urlaub lang mit uns herum.“

Lola gähnte: „Leicht für euch, ihr seid es gewöhnt, bis morgens in der Homoszene rumzuhängen. Schwule sind wie Hamster und Meerschweinchen: nachtaktiv. Aber ich bra-ha-haa-hauche meinen Schlaf.“

Sie sah auf ihre Armbanduhr, stöhnte und setzte sich auf den Boden: „Neun Uhr abends, das ist in Deutschland – ohmeingott: drei Uhr morgens!“

„Lola, hör auf zu quengeln!" befahl Karl. „Wir stehen auf einem der berühmtesten Gebäude der Welt! Laß die majestätische Architektur und die Aussicht über Manhattan, dieses funkelnde Juwel am Hudson, auf dich wirken. Ah, die phallischen Wolkenkratzer – eine ganze Stadt voller enormer Erektionen!"

Lola grunzte: „Du hörst dich an wie ein Porno-Baedeker. Außerdem ist es neblig."

„Es ist kein bißchen neblig", sagte ich erstaunt. Lola zog die Augenbrauen hoch und lallte: „Oops! Zuviel Sherry ..."

„Was für ein romantischer Ort!" seufzte Karl. „Hier trafen sich die großen Kino-Liebespaare. Deborah Kerr und Cary Grant, Tom Hanks und Meg Ryan ..."

„King Kong und die weiße Frau", ergänzte Lola und kramte in ihrer Handtasche nach einem Fünfmarkstück. „Irgendwo hab ich gelesen, wenn man eine Münze hier runter schmeißt, bekommt sie durch die Beschleunigung eine derart ungeheure Kraft, daß sie einen Fußgänger säuberlich in zwei Teile spalten kann."

Karl nahm ihr das Geldstück aus der Hand: „Das, liebste Freundin, probieren wir aber nicht aus."

„Immer, wenn ich mal ein wenig Spaß haben will, verdirbst du ihn mir", sagte Lola wie ein schmollendes kleines Mädchen. Karl und ich gaben auf. „Okay, also zurück ins Hotel, bevor du Dummheiten machst", stöhnten wir im Chor.

Unten auf der Straße versuchte Karl, auf den Fingern nach einem Taxi zu pfeifen. Er machte schmatzende Geräusche und sabberte sich die Hand voll.

„Verdammt, ich hab extra zu Hause geübt", fluchte er.

„Wenn ihr Schwulen etwas niemals lernt, dann ist das Pfeifen", stellte Lola fest, steckte Daumen und Zeigefinger in den Mund und produzierte einen durchdringenden Pfiff. Mit quietschenden Reifen hielt ein Yellow Cab vor uns, an dessen Steuer ein junger Mann mit Irokesenschnitt saß.

„Da steig ich nicht ein", zischte Karl. „Habt ihr nicht *Taxi Driver* mit Robert De Niro gesehen? Der Typ wird uns alle abknallen!"

„Seids ihr Deutsche?" fragte der Taxifahrer durchs Fenster. „Mei, is des a Gaudi! I bin von München, vor zwoa Jahren ausg'wandert. Kimmts eini! I bin der Schorsch. Wohin fahrn ma nachat?"

Wir stiegen ein, und ich gab ihm die Adresse des kleinen Hotels im East Village, in das wir uns eingemietet hatten. Schorsch fuhr wie ein Wahnsinniger, während er uns erklärte, es gäbe nichts Tolleres, als in New York Taxifahrer zu sein. Das sei schon immer sein Traum gewesen, seit er *Taxi Driver* im Kino gesehen habe. Karl begann zu schwitzen und stieß mir den Ellbogen in die Seite: „Hab ich's nicht gesagt?"

„Der Robert De Niro, des is mei Idol, gell", schwärmte Schorsch und überholte einen Laster so eng, daß zwischen den Karosserien die Funken stoben. Der LKW-Fahrer fluchte, und Schorsch brüllte: „Du laberst mich an, Mann? Du laberst mich an?" Dann sah er sich strahlend zu uns um und meinte stolz: „Klasse, oder? Hört sich doch original an wie De Niro, gell?" Karl begann leise zu beten. Lola schlief. Schorsch stampfte aufs Gas und raste über eine Kreuzung, während die Ampel gerade auf Rot wechselte. Gegen den Motorenlärm an schrie er:

„De Niro hat seine Produktionsfirma unten in SoHo. Wenn i da vorbei kimm, denk i immer: vielleicht steigt er gleich bei mir eini, der Bob. Aber der fährt wohl nicht Taxi."

„Recht hat er, der Bob“, stöhnte Karl. Bremsen kreischten, der Geruch verbrannten Gummis wehte durchs offene Fenster in den Wagen, und Schorsch verkündete: „Do samma!“

Während ich bezahlte, wankte Karl bleich und zitternd aus dem Taxi. Lola schlafwandelte ihm nach.

„Servus!“ rief Schorsch und raste die Straße hinunter, wobei sein Wagen einen schimpfenden Fußgänger nur knapp verfehlte.

„Besser als Kino“, sagte ich staunend. „Findest du nicht, Karlchen?“

„Du laberst mich an?“ schrie Karl entnervt.

Lola, die mit dem Kopf auf seiner Schulter im Stehen schlief, wurde kurz wach und forderte: „Lola will ins Heiabett.“

Wir nahmen sie in die Mitte und wuchteten sie die Stufen zum Hoteleingang hoch. Wenige Minuten später lagen wir erschöpft in unserem Doppelzimmer. Karl und ich teilten ein Bett mit Godzilla, Lola hatte eins für sich alleine. Karl legte Godzilla zwischen uns, drehte mir den Rücken zu und warnte: „Keine erotischen Übergriffe! Auch wenn du zur Zeit in der Gefühlsdiaspora lebst, weil Rick dich verlassen hat. Mein Arsch gehört mir.“

„Ist doch klar“, sagte ich. „Gute Nacht, Karl. Gute Nacht, Lola.“

„Gute Nacht, Baby. Gute Nacht, Lola“, wünschte Karl.

„Gute Nacht, John-Boy“, sagte Lola.

Das Morgenlicht schien durch die Jalousien, Hupen und Polizeisirenen weckten uns. Karl nahm meine Hand aus seiner Pyjamahose: „Was habe ich dir gestern abend gesagt, Baby?“

„Tut mir leid, aber ich bin nicht verantwortlich für Dinge, die ich im Schlaf tue", antwortete ich gähnend.

Lola reckte sich und seufzte: „Jetzt eine schöne heiße Dusche."

Sie nahm Badetuch und Kulturbeutel aus ihrem Koffer und öffnete die Tür zum Wandschrank.

„Nanu, das ist ja gar kein Badezimmer", sagte sie erstaunt.

„Die Gemeinschaftsduschen sind auf dem Gang", erklärte Karl.

„Ach du Scheiße, wie in der Jugendherberge!" schimpfte Lola.

„Wenn du so viele schwule US-Pornos gesehen hättest wie Karl, wüßtest du, warum er ein Hotel mit Gemeinschaftsduschen ausgesucht hat", sagte ich.

„Oh yeah!" freute sich Karl und sprang aus dem Bett. „Auf in die Dusche!"

Wie sich zu seiner großen Enttäuschung herausstellte, waren Karl und ich in der Männerdusche bis auf ein paar Kakerlaken völlig unter uns.

Lola dagegen kam völlig aufgelöst aus dem Damenbad zurück: „Kinder, stellt euch vor, da saß eine nackte schwarze Frau mit einem blauen Auge naß und wimmernd auf den Kacheln. Als ich sie ansprach, heulte sie nur noch lauter. Was soll man tun in so einer Situation? Ich hob sie auf und bot ihr mein Estée-Lauder-Bodyscrub an. Das schien ihr zu gefallen, jedenfalls schäumte sie sich gründlich damit ein. Zu gründlich für meinen Geschmack – sie hatte wohl keine Ahnung, was ich für das Zeug bezahlt habe. Naja, sie beruhigte sich, und es gibt ja keine Situation, in der zwei fremde Frauen leichter ins Gespräch kommen als nackt unter der Dusche mit nichts als Estée Lauder auf der Haut."

„Außer an der Wursttheke bei Tengelmann", unterbrach Karl.

„Halt die Klappe, Rose", zitierte ich die *Golden Girls.*

Lola fuhr fort: „Die Frau erzählte, sie heiße Loretta und sei aus Harlem. Ihr Mann – Leroy – hat sie gestern abend im Suff so verprügelt, daß sie abgehauen ist und sich hier eingemietet hat. Heute morgen bekam sie dann das große Elend, weil sie sich nicht zurück traut. ‚Schwester', habe ich gesagt, ‚laß dir von diesem Leroy nichts bieten! Scheiß auf den verdammten Dreckskerl.' Sie sah mich mit großen Augen an – besser gesagt, mit einem großen Auge, das andere war ja zugeschwollen – und sagte, ich hätte recht, Leroy sei ein Bastard und sie würde sich jetzt anziehen, in die Bronx fahren, eine Wumme kaufen und ihm das Gehirn rausblasen."

Lola sah uns fragend an: „Habe ich was falsch gemacht, Jungs?"

„Nö," sagte Karl. „Mach dir keine Gedanken. So ist das eben in New York."

Beim Frühstück in einem kleinen Diner an der Ecke planten wir den Tag. Karl wollte in die Upper East Side zu „Macy's", um Calvin-Klein-Unterwäsche zu kaufen, die sei hier nämlich viel billiger als zu Hause. Lola und ich fanden die Idee gut, weil in der Gegend auch das Metropolitan und das Guggenheim Museum liegen, die wir unbedingt besuchen wollten. Also stiegen wir in die U-Bahn nach Norden. Während Karl noch erzählte, wie unkompliziert und idiotensicher das Subway-System in New York sei, stellte Lola fest, daß der Zug an den einzelnen Stationen nicht anhielt, sondern einfach weiterraste.

„Oh Gott, wir werden entführt! Terroristen haben diese U-Bahn gekapert! Das ist das Ende", jammerte sie und klammerte sich verzweifelt an Godzilla, den wir natürlich nicht allein im Hotel gelassen hatten.

„Aber warum sind dann all die anderen Passagiere so seelenruhig?“ fragte Karl. „Sind die das schon gewöhnt? Werden hier täglich U-Bahnen entführt?“

„Ich glaube, ich weiß, was los ist“, sagte ich. „Wir haben aus Versehen einen Expreß-Zug genommen. Der hält nur an den wichtigsten Stationen. Wir steigen einfach an der nächsten Haltestelle um und fahren zurück.“

Der Zug hielt erst wieder mitten in Harlem. Zögernd verließen wir den Waggon.

„Na toll,“ seufzte Lola. „Wir werden zwar nicht von Terroristen entführt, aber wir sind die einzigen Weißen auf diesem Bahnsteig. Wetten über die uns noch verbleibende Lebensdauer nehme ich ab sofort an.“

„Sei nicht rassistisch, Lola, nicht alle Schwarzen sind Gangster“, meinte Karl und fragte einen Typ in übergroßem Jeans-Overall und Turnschuhen ohne Schnürsenkel: „Hey Bruder, wie kommen wir zurück in die Upper East Side?“

„Wenn's nach mir geht, tot oder gar nicht, ihr weißen Scheißer“, zischte der Befragte.

„Danke sehr“, grinste Karl errötend und schob Lola und mich vor sich her aus der U-Bahn-Station hinaus. „Wir gehen jetzt lieber. Und gib mir meinen Godzilla, Lola, sofort. Nie ist mein Godzilla da, wenn ich ihn brauche.“

Oben auf der Straße sahen wir uns verzweifelt nach dem Subway-Eingang für die andere Richtung um. Auf den Stufen der baufälligen Häuser saßen finster aussehende Kinder und rauchten. Ein Autowrack und ein abgebrochener Laternenpfahl lagen am Straßenrand. Die Passanten, allesamt schwarz, sahen uns entweder feindselig oder mitleidig an. Lola umklammerte ihre Handtasche, Karl umklammerte Godzilla, ich umklammerte Karl.

„D-d-da ist ein Subway-Schild auf der anderen Straßenseite“, bemerkte ich. „Wir werden jetzt ganz ruhig da rübergehen. Keine Panik.“

„Keine Panik“, kam das Echo von Lola und Karl. Wie auf Glatteis machten wir einige zaghafte Schritte nach vorne.

„Hey, ihr weißen Mistkerle!“ hörten wir es plötzlich brüllen. Lola kreischte „Hilfe, Mörder!“ und stolperte gegen Karl, der das Gleichgewicht verlor und umfiel. Ich fing Godzilla auf. Der Mann im Jeans-Overall war uns nachgekommen. „Wie wär's mit ein bißchen Kleingeld?“ fragte er und grinste wie Kater Karlo.

„Gott sei Dank, der will uns gar nicht überfallen.“ Lola atmete auf. „Naja, also 25 Cents könnten wir ihm doch geben“, sagte sie und wühlte in ihrer Handtasche herum. Gönnerisch präsentierte sie unserem Verfolger einen Quarter: „Aber nicht verschwenden!“

Der Schwarze schlug ihr die Münze aus der Hand, entriß ihr die Tasche und rannte los.

„Stehenbleiben oder ich schieße!“ schrie Karl. Der Räuber blieb stehen. Karl sah uns erschrocken an und meinte: „Ein Reflex. Zu viele Fernsehkrimis, nehme ich an. Ich hab gar keine Waffe.“

„Hätte mich auch gewundert, du Idiot!“ sagte der Dieb verächtlich und wollte gerade weiterrennen, als eine schwarze Frau mit einem blauen Auge aus der U-Bahn-Station kam. In der Hand hielt sie eine braune Papiertüte.

„Loretta!“ rief Lola.

„Lola!“ rief Loretta. Dann sah sie den Handtaschenräuber und rief: „Leroy!“

Leroy starrte sie an und rief: „Loretta!“

Karl rief: „Baby! Huch, ’tschuldigung, wieder ein Reflex.“

Ich schüttelte den Kopf: „Acht Millionen Einwohner und wir treffen die Dame aus der Dusche.“

„Wir haben eben Glück“, sagte Karl.

„Hier treibst du dich also rum, du Mistkerl“, brüllte Loretta und zog eine große, schwarze Pistole aus ihrer Papiertüte. Blitzartig verschwanden alle rauchenden Jugendlichen in den Häusern, die Passanten liefen geduckt um die nächste Ecke. Loretta stapfte mit erhobener Waffe auf Leroy zu: „Ich puste dir das Gehirn weg!“

„Kann ich meine Handtasche vorher zurückhaben“, bat Lola. „Blutflecken kriegt man aus Wildleder so schlecht wieder raus.“

Loretta schnappte Leroy die Tasche weg und warf sie Lola zu. „Du Bastard hast mich geschlagen! Und du wagst es, meine Schwester zu beklauen“, brüllte sie und fuchtelte ihm mit der Waffe vor dem Gesicht herum.

„Seht ihr,“ sagte Lola. „Estée Lauder verbindet.“

Loretta drückte ab. Es klickte. Leroy sank halb ohnmächtig vor Schreck auf den Bordstein. Für einen Schwarzen war er plötzlich sehr weiß. Loretta schüttelte die Pistole und drückte noch mal ab – wieder kein Schuß.

„Die Dreckswumme funktioniert nicht“, fluchte sie und schlug den Kolben über Leroys Schädel. Er kippte mit verdrehten Augen und weit ausgebreiteten Armen auf den Rücken.

Lola tätschelte anerkennend Lorettas Schulter: „Bravo, Schwester. Aber bring ihn nicht um, erzieh ihn lieber.“ Dann fielen sich die beiden seufzend in die Arme.

„Freunde fürs Leben“, sagte Karl.

„Estée Lauder verbindet“, sagte ich augenrollend.

Loretta schubste Leroy mit der Schuhspitze an und meinte: „Der kommt so schnell nicht wieder zu sich. Ich bring euch zur U-Bahn."

Im Zug Richtung Downtown atmete Lola erleichtert auf: „Ist noch mal gutgegangen, Jungs. Kaum zu fassen, was man hier so erlebt."

Karl kraulte Godzilla und sagte: „Jetzt gehen wir aber endlich Schlüpfer kaufen."

Nach dem Einkaufen (natürlich blieb es nicht bei ein paar Unterhosen) spazierten wir mit Tüten bepackt durch den Central Park Richtung Metropolitan Museum, als Karl plötzlich aufschrie.

„Leroy?" riefen Lola und ich gleichzeitig und sahen uns entsetzt um.

„Quatsch, der wird zu Hause sitzen und sich eine Gardinenpredigt von Loretta anhören", sagte Karl. „Aber guckt mal da auf der Parkbank!"

„Oh, wie süß", zwitscherte Lola, „ein Eichhörnchen."

„Nicht das blöde Eichhörnchen", sagte Karl. „Eine Bank weiter. Die blonde Frau im sandfarbenen Hosenanzug mit der Sonnenbrille. Das ist Lauren Hutton."

„Lauren wer?" wollte ich wissen.

„Hutton", erklärte Karl genervt. „Seit ich dreizehn war, schwärme ich für sie. Lauren Hutton war das berühmteste Model der 70er Jahre. Die mit der Zahnlücke. Die dann später neben Richard Gere in *Ein Mann für gewisse Stunden* gespielt hat."

„Kenn ich nicht", sagte Lola. „Putziputziputzi, wo ist das kleine Eichhörnchen?"

„Hast du was zu schreiben?" fragte Karl hektisch. „Ich will sie um ein Autogramm bitten."

„Pst, du verjagst das Eichhörnchen."

Karl schlug die Hände über dem Kopf zusammen: „Was zu schreiben, um Himmels willen!"

Lola kramte widerwillig in ihrer Handtasche: „Sorry, kein Stift, kein Block. Ich kann dir bloß einen Eyeliner und ein Kleenex geben."

„Paßt doch perfekt für ein Ex-Model", bemerkte ich.

„Gib schon her, besser als nichts," brummte Karl, ging forsch auf Lauren Hutton zu und setzte sich neben ihr auf die Parkbank: „Miss Hutton, würden Sie mir ein Autogramm geben?"

„Gerne", flötete Lauren Hutton, blickte ein wenig irritiert auf Kleenex und Kajal und schrieb dann schwungvoll ihren Namen, als ein kleiner Junge auf sie zulief und „Mama, Mama" quäkte.

„Deine Nase läuft ja schon wieder, Darling", sagte Lauren Hutton und hielt dem Kind das Kleenex hin. „Schön pusten, Schatz."

Sie gab Karl das Papier zurück: „Oh, äh … tut mir leid, das war etwas – unüberlegt. Haben Sie noch ein …äh … Kleenex?"

„N-nein, aber i-ist schon in Ordnung", stotterte Karl. „Vielen Dank auch, Miss Hutton."

„Schau mal, das Eichhörnchen sitzt auf meinem Schuh", freute sich Lola, als Karl zu uns zurück kam.

„Mir doch egal. Lauren Huttons Gör hat mir ihr Autogramm vollgerotzt."

„Freu dich doch, Karlchen", tröstete ich. „Autogramme von der Dame gibt es viele, aber du bist garantiert der einzige, der eins hat, das mit dem Rotz ihres leibhaftigen Nachwuchses verziert ist."

„So hab ich das noch gar nicht gesehen", sagte Karl leise und schaute freudig sein Kleenex an.

Lola sagte zu dem Eichhörnchen: „Die spinnen, die Schwulen!"

Hurrikan über Miami

Unter dem strahlend blauen Himmel Floridas schritten wir die Gangway des Flugzeuges hinunter. Karl und ich trugen Shorts und Polohemden, Lola hatte sich für den Sunshine State extra aufgedonnert: türkisfarbene Slacks, weiße Bluse, rosarotes Kopftuch und eine riesige, straßgeschmückte Paloma-Picasso-Sonnenbrille, auf die Dame Edna Everage neidisch wäre. Unten auf dem Rollfeld angekommen, knöpfte sie sich die Bluse weit auf und präsentierte ihr Dekolleté der gleißenden Sonne:

„Aah – Miami! Stadt der Strände, Palmen und tropischen Cocktails!"

„Stadt der *Golden Girls!*" ergänzte ich.

„Stadt der knackegeilen Models!" sagte Karl lüstern und setzte seine Sonnenbrille auf, die Lolas an Durchmesser und Straßdichte noch übertraf.

Unser Aufenthalt in New York war ohne weitere dramatische Zwischenfälle zu Ende gegangen: Wir machten die großen Kaufhäuser unsicher, tanzten und tranken in den Kneipen von Greenwich Village und bestaunten am Broadway Glenn Close in *Sunset Boulevard.* Auf Karls speziellen Wunsch fuhren wir nach Brooklyn, um die Erasmus-Hall-High-School zu besichtigen, wo Barbra Streisand einst die Schulbank drückte. In Harlem waren wir auch noch mal, weil Loretta und Leroy uns zu ihrem Hochzeitstag einluden. (Die Party war leider ein Reinfall: Loretta soff sich einen an und schlug Leroy ein Veilchen.) Wir schaukelten auf dem Diana-Ross-Playground im Central Park und ließen uns im Museum of Broadcasting stundenlang alte Folgen von *Bezaubernde Jeannie* und *I Love Lucy* vorspielen. Wir sahen Dinosaurierskelette im Naturhistorischen Museum, die neuesten Porno-Filme im „All Male Jewel Theatre" (ohne Lola, die bei Burger King wartete und zwei Dutzend panierte Zwiebelringe verschlang) und Madonna beim Joggen auf der Fifth Avenue – behauptet Karl. Lola meinte allerdings, wenn das Madonna war, sei sie RuPaul. Heute morgen stöberten wir noch – trotz strömenden Regens – durch die Antiquariate der Upper East Side (ich fand eine Erstausgabe von Christina Crawfords *Meine liebe Rabenmutter),* dann nahmen wir den Bus zum Flughafen – und nur zweieinhalb Stunden später waren wir hier in Miami.

„Nein, nein, ich will so einen Straßenkreuzer wie den von *Thelma und Louise"*, wiegelte Lola ab, als der Autovermieter am Flughafen uns einen japanischen Kleinwagen andrehen wollte. Wir hatten beschlossen, wegen des miesen öffentlichen Verkehrssystems in Florida einen fahrbaren Untersatz zu mieten. Lola stolzierte auf ein hellgrünes, viersitziges Cabriolet zu, das bei mir zu Hause im Wohnzimmer keinen Platz gefunden hätte: „Das nehmen wir! Das perfekte Gefährt für eine Dame von Welt. Paßt auch farblich hervorragend zu meinen Hosen."

Kaum hatten wir den Mietvertrag unterschrieben, als sie sich stolz ans Steuer setzte. Karl und ich machten es uns auf dem Rücksitz bequem. Lola drehte mehrmals den Zündschlüssel um, brachte den Wagen aber beim besten Willen nicht in Gang. Karl, der keine Ahnung von Autos hat, meinte: „Vielleicht fehlen die Batterien?"

Während Lola noch schimpfte, klopfte der Autovermieter auf die Kühlerhaube und riet: „Schalten Sie von P wie Park auf D wie Drive. Das ist ein Automatic."

Lola sah ihn abschätzend über den Rand ihrer Sonnenbrille an: „Automatic? Wie unsportlich." Dann schaltete sie auf D und raste auf den Highway. Ihr Kopftuch flatterte im Fahrtwind.

„Hui!" rief ich. „Schorsch De Niro ist eine lahme Ente gegen dich!"

Wir beschlossen, zum Art Deco District am Strand von South Beach zu fahren. Ich studierte die Straßenkarte und navigierte uns direkt in die Slums von Miami.

„Naja, das muß man auch mal gesehen haben", entschuldigte ich mich lahm.

„Gib her, du Trottel", giftete Karl und riß mir die Karte aus der Hand. Unter seiner Führung gelangten wir – nach einem unwesentlichen Umweg über Fort Lauderdale – schließlich ans Ziel: Palmen wogten, ein warmer Wind säuselte und die Strandpromenade von South Beach erstrahlte in einer Orgie von Pastelltönen. Von den Art-Deco-Gebäuden aus den 20er und 30er Jahren über die Strandkleidung der Passanten bis hin zu den Mülleimern – alles war pastell.

„Sogar der Himmel ist sanft babyblau", bemerkte Karl.

„Ach, Kinder, wie zauberhaft", schwärmte Lola beim Einparken, einem rasanten Manöver, das übrigens um ein Haar das Leben einer zartlilahaarigen Rentnerin und ihres ebenfalls lilafarbenen Pudels gekostet hätte.

Wir mieteten in einem hellblauen kleinen Hotel ein Zimmer mit zwei Doppelbetten. Der Mann an der Rezeption trug pastellfarbenen Lidschatten und Nagellack, was in seltsamem Kontrast stand zu seinen schweren Schnürstiefeln, seiner abgeschnittenen Jeans und seinem Tank Top, an dem ein Schild mit der Aufschrift „Manager" steckte. Er händigte uns mit gespreizten Fingern den Schlüssel aus und flötete: „Willkommen, meine Damen."

„Ich glaube, das ist ein homosexuelles Etablissement", flüsterte Lola.

„Macht ja nichts, hihihi", sagte Karl.

Der Manager blinzelte ihm zu: „Darf ich Ihnen persönlich Ihr Zimmer zeigen?" Er ging voran und warf mit großer Geste die Tür auf. Der ganze Raum, von den Tapeten bis zu den Nachttischlampen, war pink. Lola setzte sich schnell die Sonnenbrille auf und japste:

„Huch, ich erblinde!"

„Wenigstens sind die Betten groß", sagte Karl. „Vielleicht kann ich hier ja ausnahmsweise mal schlafen, ohne daß Baby nachts meine Anatomie erforscht."

Der Manager zupfte zärtlich ein imaginäres Stäubchen von Karls Schulter und erklärte: „In anderen Hotels sind die Betten King-Size. Unsere, Darling, sind Queen-Size."

Mit einem weiteren Blinzeln in Karls Richtung verließ er wiegenden Schrittes den Raum.

„Karl hat 'nen Verehrer, Karl hat 'nen Verehrer", sangen Lola und ich im Chor. Genervt streckte uns Karl die Zunge heraus.

Zum Abendessen suchten wir uns ein kanariengelbes Restaurant direkt am Strand aus. Wir ließen uns an einem zartblauen Tisch nieder und studierten die rosa Speisekarte. Eine große, knochige Blondine mit Ivana-Trump-Hochfrisur stöckelte laut gummikauend auf uns zu, nahm einen Block aus ihrem gelbweiß gestreiften Minikittel und knallte ihn auf den Tisch. Sie stemmte die Linke in die Hüfte, stieß auf, zog mit der Rechten einen Stift aus dem Haar, leckte dessen Spitze und brummte fragend: „Hmmm?"

Lola starrte ein Plastikschild an der Brust der Kellnerin an, auf dem stand: „Miss Lola". Sie zeigte auf das Schild und staunte: „Das gibt's doch nicht!"

„Stört dich was an meinen Titten, Schätzchen?" fragte die Bedienung in *basso profondo.*

„Miss Lola!" sagte Lola.

„Das ist mein Name, Kindchen, nutz ihn nicht ab", grunzte Miss Lola.

„Ich heiße auch Lola!" sagte Lola.

„Na fein. Wollt ihr bestellen oder quatschen?" Die Kellnerin kratzte sich am Hinterteil und machte eine Blase mit ihrem Kaugummi.

„Warum sind Sie denn so unfreundlich?" wollte Lola wissen.

„Ich werd fürs Servieren bezahlt, nicht fürs Nettsein. Also – was wollt ihr?"

„Gar nichts", sagte Lola sauer. „Uns gefällt hier der Service nicht."

Miss Lola rümpfte die Nase: „Du gefällst mir auch nicht. Diese Bluse, diese Schuhe – Gott der Gerechte!"

Lola lief blaurot an und stand auf: „Was hat das Miststück gesagt? Fliege ich etwa über den Atlantik, um mich von einer Servier-Schlampe beleidigen zu lassen?"

„Stimmt", überlegte Karl, „das könntest du zu Hause billiger haben."

„Mach keine Witze", warnte ich, „unsere Lola ist kurz vorm Explodieren."

Die beiden Lolas standen sich gegenüber, die Luft vibrierte zwischen ihnen. Die Gäste des Lokals ließen die Gabeln sinken, sämtliche Augen richteten sich auf uns. Am Nebentisch stieß eine Frau ihren Mann an: „Es geht wieder los, Hurricane-Lola hat ein neues Opfer gefunden."

„Die hat sich doch erst gestern mit einem Trucker geprügelt", meinte er. „Ich hätte das hysterische Weib längst gefeuert, wenn ich hier der Boß wäre."

„Du hast eben keinen Geschäftssinn", schimpfte seine Frau. „Ohne Hurricane-Lola wär der Laden hier doch stinklangweilig."

Hurricane-Lola stieß unsere Lola gegen die Brust: „Hast du mich Miststück genannt?"

„Wir gehen! Kommt, Jungs!" schnaubte Lola und drehte sich auf dem Absatz um. „Nicht so schnell", rief Miss Lola, griff sie von hinten und warf sie zu Boden.

Die Frau am Nebentisch klatschte. Hurricane-Lola hockte über unserer Freundin und ließ Schläge auf sie hinabhageln. Ihr Kittel war hochgerutscht, auf der Rückseite ihres Schlüpfers stand *Tuesday.*

Karl sah mich fragend an: „Heute ist doch Donnerstag!"

Die Frau nebenan rief: „Zwanzig Dollar auf Hurricane-Lola!"

Ich konnte das nicht länger mit ansehen und stand auf, um Lola vor der Furie zu retten. In dem Augenblick klatschte Lolas Faust mit einer solchen Wucht ins Gesicht ihrer Gegnerin, daß deren Turmfrisur schlagartig zusammenfiel.

„Dreißig auf Lola, *The German Tornado!"* schrie Karl zu meinem Entsetzen.

Ein junger Mann mit pechschwarzem Haar und olivefarbener Haut kam meinem Rettungsversuch zuvor. Er ließ seinen Salat stehen, stürzte sich beherzt zwischen die beiden Lolas, riß die Kämpfenden auseinander und postierte sich mit ausgestreckten Armen zwischen ihnen. „Ruhig Blut", rief er, „es reicht!"

„Wow, ist das Antonio Banderas?" spekulierte Karl. Eine gewisse Ähnlichkeit war nicht abzustreiten. Hurricane-Lola, deren vor ihren Augen hängende Frisur ihr die Sicht verdeckte, boxte orientierungslos durch die Luft. *The German Tornado* brüllte: „Komm her, du Vieh, ich reiß dir dein blondes Haar bei den schwarzen Wurzeln aus!"

Antonio Banderas packte einen Krug mit Eiswasser vom Nachbartisch und schüttete den Inhalt auf die kreischenden Lolas, doch das genügte nicht, die erhitzten Gemüter abzukühlen. Die Lolas stießen ihn zur Seite und verkrallten sich wieder ineinander.

Der Mann nebenan stimmte in den Applaus seiner Frau ein.

Ich nahm einen Taschenspiegel aus Lolas Handtasche, die an der Lehne ihres Stuhl hing, näherte mich vorsichtig den Catcherinnen und hielt ihn ihnen vor. Mit schockgeweiteten Augen starrten die beiden auf ihr Spiegelbild: zerfetzte Kleider, nasse, strähnige Haare, verlaufene Schminke. Hurricane-Lola schlug mit dem heulenden Aufschrei „Wie ich aussehe!" die Hände vors Gesicht und rannte in Richtung Toilette.

Karl sprang auf, riß die Hand unserer Freundin hoch und rief: „Sieg nach Punkten!"

Sie ließ sich schwer atmend auf einen Stuhl fallen. Der Banderas-Klon reichte ihr eine Handvoll Papierservietten: „Trocknen Sie Ihr Gesicht, Señorita."

Lola wischte sich die Stirn und blickte den kühnen Kavalier zum ersten Mal bewußt an. Ich schwöre, in dem Moment hörte ich Geigen erklingen. Er nahm ihre Hand, saugte sich mit seinen tiefschwarzen Augen an ihren hellblauen fest und sagte: „Ich heiße Juan Gallardo und bin Ihr treuer Diener."

„Mein Retter", hauchte Lola.

„Was heißt hier Retter", unterbrach Karl. „Wenn Baby nicht mit dem Spiegel ..."

„Halt die Klappe", sagte ich, „merkst du nicht, daß Amors Pfeile schwirren?"

Wir verließen das Restaurant des Schreckens zu viert. Juan hatte den Arm beschützend um Lola gelegt. Inzwischen war die Sonne untergegangen. Der Ozean rauschte, die Sterne schimmerten und der Mond lag fett und träge auf einem Wolkenkissen. Juan flüsterte in Lolas Ohr: „Ich kenne ein kleines kubanisches Lokal ganz in der Nähe."

„Kubanisch wäre nicht schlecht, ich sterbe vor Hunger", sagte Karl. Ich trat ihm auf den Fuß:

„Wir sind beide allergisch gegen kubanisches Essen. Lola und Juan müssen wohl leider *allein* zu Abend essen."

Karl begriff: „Oh ja, natürlich, wie konnte ich nur unsere Allergie vergessen. Wir – äh – wir gehen dann mal und suchen uns irgendwo 'ne Frittenbude oder so was."

„Tschüs, Jungs", seufzte Lola und kuschelte sich an Juan. Die Sterne spiegelten sich in ihren Augen. Juan streichelte ihr Haar. Wir sahen ihnen nach, wie sie eng umschlungen die Strandpromenade entlangschlenderten.

„Ah, l'amour! So schnell kann das gehen", stellte ich wenig später bei einem Hamburger in einem pastellgrünen Diner fest. „Juan Gallardo – so ein bezaubernder Name. Hieß Rudolph Valentino nicht so in *Blut und Sand?* Glückliche Lola. Was für ein romantischer Abend!"

„Jaja, was gibt es Romantischeres als sich prügelnde Frauen", kicherte Karl. „Unser *German Tornado* hat ganz schöne Verwüstungen angerichtet."

„In solchen Momenten vermisse ich Rick ganz schrecklich."

„Wieso? Hat er dich öfter mal vermöbelt?"

„Blödmann. Iß auf, ich bin müde."

Im Hotel ließ es sich der Manager nicht nehmen, uns wieder persönlich aufs Zimmer zu begleiten. Er hatte sich inzwischen umgezogen: hellrote Hot Pants, die bei seiner fortgeschrittenen Zellulitis eher unvorteilhaft aussahen, und ein Batikhemd. Er bot Karl an, falls er nachts noch Hunger oder andere Gelüste verspüren sollte, ihn jederzeit herauszuklingeln.

„Schon gut", stöhnte Karl und schob den Manager aus der Tür. Genervt nahm er sein Godzilla-Plüschtier in den Arm. „Warum ich? Warum steht der Kerl nicht auf dich?"

„Karl hat 'nen Verehrer", sang ich hämisch. Godzilla verfehlte meinen Kopf nur um wenige Millimeter.

Am nächsten Morgen: Die Sonne schien ins Zimmer und ließ die pinkfarbenen Tapeten erstrahlen, daß es Karl und mir fast die Netzhaut ablöste, als wir die Augen öffneten. Karl zerrte Godzilla unter meiner Decke hervor, wo das arme Tier zwischen meinen Schenkeln klemmte.

„Na, wenigstens hast du mich heute nacht verschont", sagte er. „Aber wehe, da sind jetzt Flecken drauf."

„Du bist so geschmacklos", grunzte ich. Karl setzte seine Sonnenbrille auf und sah sich um. Lola, die nicht wieder aufgetaucht war, bevor wir schlafen gegangen waren, lag in ihrem Bett und rührte sich nicht.

„Ah, unsere liebestrunkene Freundin ist wieder da", stellte Karl fest. „Ich geh sie mal wach kitzeln. Sie muß mir jedes Detail von Juans nacktem Körper genauestens schildern, jede seiner Liebkosungen, den Duft seiner erregten Lenden ..."

„Du bist so geschmacklos", wiederholte ich und wälzte mich auf die andere Seite. Da hörte ich Karl von Lolas Bett her atemlos flüstern:

„Ohmeingott! Das muß die Rache von Hurricane-Lola sein! Dieses Weib hat unsere beste Freundin abgestochen! Sie ist ermordet worden!"

„Du bist so geschm ... *was?"* Wie der Blitz sprang ich auf. Lola lag tatsächlich in einer Blutlache. Ihr Nachthemd (ein scheußliches Laura Ashley-Modell, Geschenk ihrer Mutter), die Bettlaken, ihre Beine – alles rot. Karl und ich fielen uns zitternd in die Arme und stießen unkontrollierte Schreie aus. Lola erwachte – ebenfalls schreiend – zum Leben, worauf wir noch lauter kreischten. Sie sah an sich herunter und fluchte:

„Oh Scheiße! Wie ich es hasse, wenn meine Periode in der Nacht anfängt. Und dann auch noch so heftig – muß am Vollmond und an den Hormonschüben liegen, die die Prügelei und der Abend mit Juan bei mir ausgelöst haben. Tut mir leid, wenn ich euch erschreckt habe, Jungs." Sie stand vorsichtig auf und stapfte ins Bad. „Wenigstens habe ich jetzt einen guten Grund, dieses schauderhafte Nachthemd wegzuschmeißen", murmelte sie. Karl sah ihr offenen Mundes hinterher.

„P-p-p-p-p ...", stotterte er.

„...eriode", ergänzte ich. „Keine Killer-Serviererin, die Lola mit ihrem Bleistift durchlöchert hat. Nur der monatliche Fluch."

Wir setzten uns erschöpft und erleichtert aufs Bett. Karl sagte fassungslos: „So ist das also? Ich dachte immer: ein, zwei Tröpfchen ... Aber ich habe natürlich keine Ahnung von diesen Frauendingen."

„Bin ich froh, ein Mann zu sein", seufzten wir gleichzeitig, als Lola, in ein Badetuch gewickelt, wieder hereinkam.
„Wenn ihr heute Nacht erlebt hättet, was ich erlebt habe, wärt ihr verdammt froh, eine Frau zu sein", sagte sie träumerisch und sah auf ihre Armbanduhr auf dem Nachttisch. „Ich muß mich beeilen, Juan erwartet mich zum Frühstück."

„Aber du verblutest doch", gab Karl zu bedenken.

„Alles unter Kontrolle, Karlchen", flötete Lola. „Kennst du nicht die Bindenwerbung aus dem Fernsehen?"

„Die mit der ekligen blauen Testflüssigkeit? Und den Tennisspielerinnen, die sich ‚den ganzen Tag sicher und gepflegt' fühlen?"

„Genau. Ich könnte jetzt – dank der modernen Vaginalhygienetechnik – ohne weiteres Leistungssport betreiben."

„Und das wirst du auch, wie ich dich kenne", bemerkte ich anzüglich. Lola schlüpfte lächelnd in ein geblümtes Trägerkleid. Sie steckte sich ein Plastikschild mit der Aufschrift „Miss Lola" an.

„Eine kleine Trophäe", grinste sie und schwebte aus dem Zimmer. „Bis heute abend, ihr Süßen."

Kaum war sie verschwunden, als es an der Tür klopfte. Der Hotelmanager wollte die Betten machen – persönlich. „Später!" brüllte Karl und stöhnte: „Gibt es hier kein Zimmermädchen?"

Der Manager steckte den Kopf herein und sagte wimpernklimpernd: „*Ich* bin das Zimmermädchen." Auf seinem ondulierten Haar saß ein weißes Häubchen. Karl stieß ihn hinaus und schlug die Tür zu.

„Ich muß raus aus diesem Irrenhaus", heulte er. „Laß uns an den Strand gehen – sofort!"

Als wir mit unseren Strandtaschen auf den Gang traten, wartete das „Zimmermädchen" schon auf uns – komplett in schwarzweißer Uniform mit Schürze. Er ignorierte mich, gab Karl einen dezenten Klaps auf den Hintern und fragte, ob er jetzt saubermachen dürfe. Karl nickte nur genervt und beschleunigte seinen Schritt. Der Manager schloß unsere Zimmertür hinter sich.

„Warte mal, Karlchen", bat ich. „Nur einen Moment. Jetzt ist er drin, jetzt sieht er sich um, erblickt Lolas Bettlak …"

Ein markerschütternder Schrei aus unserem Zimmer ließ das Hotel in seinen Grundfesten erzittern. „Ah, das wollte ich auf keinen Fall verpassen", sagte ich fröhlich. „Jetzt können wir gehen."

Der Strand von South Beach ist das Eldorado der internationalen Modelszene. Schöne Menschen und solche, die sich dafür halten, hängen zu Hunderten herum und hoffen, von Herb Ritts, Bruce Weber oder irgendeinem anderen berühmten Fotografen entdeckt zu werden. Models, die schon im Geschäft sind, pflegen hier zwischen Foto-Sessions, Terminen im Fitneß-Studio und im Schönheitssalon ihre Bräune und ihre Kontakte. Dazwischen tummeln sich natürlich jede Menge (hauptsächlich schwule) Touristen, die einmal live sehen wollen, was sie sonst nur aus Calvin-Klein-Anzeigen und Levis-Werbespots kennen. Die Männer sind deutlich in der Überzahl, obwohl auch einige gazellenhafte weibliche Wesen hier ihre Schönheit spazierenführen. Sie sind grundsätzlich über 1,90 Meter groß und haben straffe Brüste, an denen man Klimmzüge machen könnte. Pickel, Fett und Falten sind Fremdwörter in South Beach. Karl und ich stapften mit großen Augen durch den Sand.

„Hier bleiben wir, da kann ich diese zwei Blonden gut im Auge behalten", sagte Karl. „Oder nein, laß uns noch ein Stück weiter gehen, da hinten liegt ja ein unglaublicher Waschbrettbauch. Oder vielleicht zu den Beachballspielern? Huch, das ist doch der Typ aus der Bacardi-Werbung, da gehen wir mal näher ran …"

Nach langem Suchen fanden wir einen Platz, den Karl aus strategischen Gesichtspunkten für akzeptabel hielt, breiteten unsere Badetücher aus und setzten uns.

„Warum ziehst du dich nicht aus?" fragte Karl, nachdem wir eine Viertelstunde lang stumme Fleischbeschau betrieben hatten.

„Tust du ja auch nicht."

„Ich kann nicht. Ich fühle mich so mickrig und häßlich."

„Geht mir auch so. Ich habe Mitesser auf der Schulter und Schwangerschaftsstreifen am Bauch. Wenn ich mich ausziehe, kommt die Schönheitspolizei und führt mich ab."

„Also sitzen wir weiter völlig angezogen am Strand von Florida und glotzen frustriert die Typen an?" fragte Karl.

„Sieht so aus", stöhnte ich.

„Na gut", meinte Karl, zündete eine Mentholzigarette an, legte sich auf den Bauch und beobachtete einen etwa zwei Meter entfernt sitzenden Brünetten in weißer Badehose und dessen Muskelspiel beim Auftragen von Sonnenöl.

Ich packte mein Strandbuch aus: *Intime Memoiren* von Joan Collins.

„Auweia! Der kommt rüber", sagte Karl plötzlich. „Hab ich zu aufdringlich geguckt?"

„Das kann ich mir überhaupt nicht vorstellen, Liebes", antwortete ich augenrollend.

Der Brünette ging vor Karl in die Hocke und sagte: „Hi, ich bin Tom. Ich wollte dir nur sagen, daß Rauchen sehr schlecht für deine Gesundheit ist."

Karl nahm einen tiefen Lungenzug: „Ich weiß. Ich begehe Selbstmord, weil ich nicht so aussehe wie du."

„Aber du siehst doch nicht so schlecht aus", meinte Tom, „für einen dekadenten, untrainierten Europäer. Oh, da sind zwei Freunde von mir. Hey, Dick, hey, Harry, hier bin ich, bei den zwei blassen, angezogenen Typen ohne Muskeln!"

Dick und Harry setzten sich zu uns. Wir staunten über ihre unkomplizierte Zutraulichkeit und über ihre Körper, die aussahen, als hätten Michelangelo und Arno Breker sie gemeinsam entworfen und gemeißelt. Sie begrüßten Tom mit Schlägen auf die Schulter und uns mit einem Nicken.

„Rauchen ist gefährlich", sagte Dick.

„Ich liebe das Risiko", antwortete Karl leicht genervt.

„Der neue Trainer hat Wunder gewirkt an meinem Trizeps", erzählte Harry. „Und seit ich makrobiotisch esse, hat sich mein Fettprozentsatz stark verringert."

„Du solltest trotzdem in mein Fitneß-Studio wechseln, die Maschinen sind viel effektiver", riet Dick. „Sieh dir meine Oberschenkel an: vier Zentimeter mehr Umfang in drei Wochen. Wie findet ihr übrigens meine neuen Kontaktlinsen? Ich hab jetzt grüne Augen. Besser, oder?" Die beiden anderen nickten zustimmend.

„Habt ihr schon das neue Buch über Bauchtraining gelesen?" fragte Tom. „Total gute Übungen sind da drin. Meine Definition ist viel klarer geworden."

„Oh ja, und dein Bizeps ist auch breiter inzwischen", bemerkte Dick. „Sehen wir uns nachher beim Aerobic?"

„Ich hab einen Termin zum Epilieren meiner Brusthaare", sagte Tom. „Aber morgen vormittag bin ich wieder dabei."

„Du solltest wirklich regelmäßiger zum Aerobic gehen, Tom", schalt Dick. „Dein Glutäus verliert an Spannkraft."

Karl hielt es nicht mehr aus. Er sprang schreiend auf und raufte sich die Haare. „Sein Glutäus?“ brüllte er, „sein Glutäus? Du kannst Nüsse knacken mit seinem Glutäus! Du kannst Champagner servieren auf seinem Glutäus! Sein Glutäus ist perfekt! Genauso wie alle anderen Glutäi, die hier rumliegen! Ihr seid doch alle wahnsinnig! Gibt es irgend etwas anderes auf der Welt für euch als eure Körper? Baby, ich werd hier porös! Bring mich ins Hotel!“

Fluchend saß Karl auf dem pinkfarbenen Hotelbett. „Bitterfeld“, hörte ich ihn murmeln. „Birmingham. Somalia! Luxemburg, oh ja. Die Slums von Indien. Helsinki. Paderborn. Die Vorstädte von Moskau.“

„Was redest du da?“ fragte ich.

„Ich überlege mir Orte für meinen nächsten Urlaub. Die Plätze der Welt mit der häßlichsten Bevölkerung. Orte, an denen mein Aussehen weit über dem Durchschnitt liegt! Baltimore? Halle – wie wär's mit Halle an der Saale?“

„Du spinnst. Und du hättest die drei Jungs am Strand auch nicht als bescheuerte Barbie-Puppen beschimpfen sollen. Was für eine Szene! Mußtest du dich in Toms Brustbehaarung verkrallen und schreien: ‚Ich epilier dir deine Titten gleich hier, dann hast du Zeit für die Aerobic-Stunde!‘ Macht das ein anständiges Mädchen? Sei bloß froh, daß ich die drei beruhigen konnte. Gesellschaftlich sind wir jetzt natürlich unmöglich in Miami. Bloß gut, daß wir morgen früh nach Gainesville abreisen.“

„Hoffentlich sind die Leute dort abscheulich häßlich!“ schimpfte Karl und stapfte wütend im Zimmer auf und ab. Sein Blick fiel auf die rosa Kommode: „Schau mal, da liegen zwei Briefe. Der hier ist an mich adressiert.

Hm, riecht nach Maiglöckchen." Karl riß den Umschlag auf und las vor: „‚Wie kann ich Dein Herz gewinnen, Du Grausamer? Ein Wort genügt, und ich lasse mein Hotel im Stich und folge Dir ans Ende der Welt ...' Nicht zu fassen, der ist vom Management! Der Mann ist doch wirklich unglaublich. Ich warne dich, Baby, fang nicht wieder an zu singen!"

Karl zerfetzte das unerwünschte Liebesgeständnis wutschnaubend zu Konfetti. Der zweite Brief war von Lola. Darin lagen der Schlüssel zum Cabriolet und die folgende Nachricht:

„Hallo, Jungs! Seid mir nicht böse, aber ihr müßt allein zu Karls Onkel fahren. Juan ist die Urlaubsliebe, von der ich geträumt habe, seit ich meine erste Bravo las. Er trägt mich auf Händen und verehrt den Boden, auf dem ich gehe. Das muß man doch ausnutzen! Ich werde die restlichen Tage mit ihm verbringen. Wir sehen uns am Flughafen in New York. Muß jetzt aufhören, weil Juan meine Füße mit Mandelöl einreiben will. (Ich weiß schon, wie das endet). Viel Spaß in den Sümpfen,

Lola, The German Tornado!"

Alligator Alley

Der Fahrtwind duftete nach Magnolien und feuchter Erde. Aus dem Autoradio erklang Patsy Cline. Mit der Unterlippe zwischen den Zähnen steuerte ich unser Cabriolet über eine einsame, breite, schnurgerade Straße, die durch die Sümpfe Floridas von der Atlantikküste zum Golf von Mexiko führt. Links und rechts war nichts zu sehen als Sumpflandschaft. Im Westen ballten sich Gewitterwolken zusammen.

„Warum das hier wohl Alligator Alley heißt?" überlegte Karl.

„Stör mich nicht beim Fahren, ich habe seit Jahren nicht mehr am Steuer eines Autos gesessen, geschweige denn an dem von einem Schiff wie diesem", antwortete ich nervös.

„Wahrscheinlich wimmelt es vor bösartigen Echsen in diesen Sümpfen", spekulierte Karl. „Schuppige, vielzahnige Killerkommandos verstecken sich in den Straßengräben und warten darauf, daß unbedarfte Touristen anhalten und aussteigen. Und dann: Schnapp! Alligatoren-Picknick."

Er hielt sein Godzilla-Stofftier hoch aus dem Wagen und fragte es: „Na, kannst du deine Artverwandten sehen?"

„Hör damit auf", bat ich. „Ich habe Panik vor Reptilien. Wenn bloß Lola hier wäre. So, wie die mit dieser Servier-Schlampe fertig geworden ist, frißt sie Alligatoren wahrscheinlich zum Frühstück."

„Lola ist in Miami und hat beide Hände voll zu tun mit Juan. Ich hoffe jedenfalls für sie, daß er zwei Hände füllt – mindestens."

„Ich finde diese Straße unheimlich. Außer uns ist niemand unterwegs. Und unser Ziel stimmt mich auch eher nachdenklich. Warum will dein Onkel Peter dich ausgerechnet in einer Bar treffen, die auch noch ‚Ambush' heißt, also ‚Hinterhalt'? Ich denke, du beerbst ihn? Dann sollte er doch eigentlich alt und gebrechlich sein. Läßt er sich auf dem Sterbebett mit Infusion und Sauerstoffmaske noch in eine Bar karren?"

„Ich weiß auch nicht, was das zu bedeuten hat, Baby, aber in seinem Brief schreibt er, ich solle ihn heute nacht um zehn Uhr im ‚Ambush' in Gainesville treffen. Und eine andere Adresse hat er nicht angegeben. Was bleibt uns also übrig? Willst du einen Schluck Champagner?"

„Wo kommt denn der her?"

„Och, ich war gestern nacht, als du schon geschlafen hast, noch ein bißchen nett zu unserem Hotelmanager und danach hat er mir die Flasche geschenkt."

„Was?" schrie ich. Der Wagen schlingerte.

„Naja, nach seinem leidenschaftlichen Brief erwachten auch in mir zarte Gefühle ..."

„Red keinen Quatsch, Karl. Zarte Gefühle! Ich kenne dich besser. Du hast dich mit ihm eingelassen, weil du wegen der Bodybuilder am Strand frustriert warst. Im Vergleich mit denen bist du ein bedauernswerter, verwachsener Zwerg – aber beim Techtelmechtel mit dem schmierigen Manager fühltest du dich schön und begehrenswert. Das hast du gebraucht, um deine Minderwertigkeitskomplexe in Schach zu halten, stimmt's?"

Karl brummte: „Und wenn schon, Dr. Freud. Das erspart mir fünfzig Stunden beim Analytiker. Und Schampus habe ich auch noch bekommen."

Karl öffnete die Flasche. Der Korken flog mit einem außergewöhnlich lauten Knall heraus, der das ganze Auto erschütterte. Einen Moment hob es uns aus den Sitzen.

„Huch, was ist denn das für 'ne Marke?" fragte ich. „Tschernobyl Südhang 1986?"

Karl starrte das Etikett an: „Kalifornisch. Igitt, aber nicht radioaktiv. Das war also keine Mini-Atomexplosion. Aber das ganze Auto hat gewackelt. Halt mal an, Baby, da stimmt was nicht. Vielleicht ist ein Reifen geplatzt."

„Anhalten? Glaubst du, ich will als Krokodilfraß enden?"

„Hier gibt's keine Krokodile", versprach Karl.

Ich fuhr rechts ran und stellte den Motor ab.

„Nur Alligatoren", sagte Karl und stieg kichernd aus. Ich schaute in den Rückspiegel. Ein schuppiges, grünes, langschwänziges Etwas lag lauernd auf der Straße.

„Karl", kreischte ich, „komm wieder rein, da hinten schleicht sich ein Alligator an!"

Karl sprang quietschend ins Auto und schlug die Tür zu. Der Alligator rührte sich nicht. Wir sahen ihn über die Sitzlehnen hinweg wie hypnotisiert an. Es donnerte. Der Himmel wurde dunkler. Karl trank die Flasche Champagner in einem Zug zur Hälfte aus.

„Bäh", sagte er. „Das Vieh – hick – bewegt sich nicht."

„Das machen die so. Hab ich bei Heinz Sielmann gelernt", erklärte ich. „Alligatoren liegen reglos da, bis ihre

Beute in Beißweite ist. Und dann packen sie blitzschnell zu."

Karl kniff die Augen zusammen: „Wie soll der zubeißen? Wenn ich das richtig sehe, fehlt diesem Alligator der Kopf." Er schaute die Flasche an und fragte: „Oder?"

Ich nahm meine Sonnenbrille ab und starrte konzentriert auf das etwa zehn Meter entfernt liegende Reptil:

„Du hast recht. Kein Kopf. Schwanz, Körper, Hals, dann ein Stück Nichts und dann ein halbes Maul. Sieht ja widerlich aus."

„Stimmt", sagte Karl und kippte den Rest des Champagners runter. „Ich fürchte, du hast ihn – hick – überfahren. Godzilla, wie findest du das? Baby mordet deine Verwandten. Zermatscht sie auf offener Straße."

Ich kratzte mich am Kopf: „Das Knallen kam also nicht vom Korken, sondern ..."

„Es war das Geräusch eines unter einem Autoreifen zerplatzenden – hick – Alligatorenschädels", ergänzte Karl.

„Das hast du wirklich schön formuliert", brummte ich. „Was machen wir denn jetzt mit dem Vieh?"

„Ein Paar Stiefel? Einen Gürtel? Eine Handtasche?" schlug Karl vor.

„Wir müssen es wieder in den Sumpf werfen, bevor ein anderes Auto kommt und einen Unfall baut."

„Unfall? Schleudergefahr auf Alligatorhirn oder was? Du willst doch nur die Spuren deines – hick – brutalen Verbrechens beseitigen."

„Genau. Also komm jetzt und hilf mir."

Als wir ausstiegen, donnerte es wieder und begann zu tröpfeln. Wir gingen auf das tote Reptil zu (besser: ich ging, Karl schwankte). Ich überlegte, ob es wohl noch beißen konnte, aber mit abgetrenntem Maul standen die Chancen schlecht. Doch wer garantiert mir, daß nicht plötzlich seine Mutti, eine mindestens 15 Meter lange Monsterechse mit zwei Köpfen (mutiert durch irgendwelche Chemieabfälle, die heimlich in die floridianischen Sümpfen entsorgt werden), aus dem Unterholz kriecht, um ihr Kleines zu rächen? Und die ganze mutierte Familie mitbringt?

Ich griff den Alligator beim Schwanz (überraschend warm und gar nicht schleimig) und zerrte ihn zum Straßengraben. Der Regen wurde stärker, Wind kam auf. Karl taumelte auf mich zu, um mir zu helfen. Er bückte sich nach dem Alligator, verlor jedoch das Gleichgewicht, stolperte die Böschung hinunter und verschwand aus meinem Blickfeld. Am Horizont erschienen die Scheinwerfer eines Autos. Panisch zerrte ich die gemeuchelte Echse weiter, sammelte all meine Kraft und schleuderte sie mit einer Drehung wie beim Diskus-Werfen in den Sumpf.

„See you later, Alligator", murmelte ich erleichtert. Inzwischen goß es in Strömen. Das Regenwasser wusch das Blut und die Reste des Reptilkopfes von der Straße. Der Wagen kam unaufhaltsam näher. Karl stapfte schwankend aus dem Straßengraben und rief schockiert: „Baby, es ist hier gefährlicher, als wir dachten. Es gibt sogar fliegende Alligatoren! Ehrlich. Gerade ist einer – hick – an mir vorbeigeflogen!"

„Der ist nicht geflogen, den hab ich geworfen."

„Kannst du mir bitte mal erklären, warum du mit Alligatoren herumschmeißt?"

„Um im Training zu bleiben für das Australian Open im Reptilienschleudern."

Das fremde Auto hielt vor uns an. Weiß, mit einem blauen Streifen und einem goldenen Stern an der Seite sowie einer Signallichtleiste auf dem Dach: eindeutig ein Polizeiwagen. Besetzt mit zwei düster dreinblickenden

Polizisten. Vom Regen durchnäßt standen Karl und ich sprachlos am Straßenrand und sahen einem stark untersetzten Uniformierten zu, wie er sich aus dem Sitz quälte. Er wuchtete seine Massen auf uns zu und fragte: „Gibt es hier ein Problem, Gentlemen?“

„Nö“, sagte ich errötend. „Alles unter Kontrolle. Wir haben nur angehalten, um ...äh ... Karl, warum haben wir angehalten?“

„Um das Verdeck auf unser Cabrio zu bauen, damit es nicht – hick – reinregnet.“

„Brillant!“ flüsterte ich anerkennend.

„Das ist Ihr Wagen da hinten?“ fragte der Polizist mit zu Schlitzen verengten Augen.

Wir nickten gleichzeitig.

„Wenn Sie das Dach montieren wollen, wieso stehen Sie zehn Meter davon entfernt im strömenden Regen herum?“

„Na weil ...äh ... Karl, warum eigentlich?“

Karl sagte tonlos: „Die Blase. Wir suchten eine günstige Stelle zum Wasserlassen.“

„Nicht ganz so brillant, ober durchaus okay“, flüsterte ich.

„Ah ja“, sagte der dicke Uniformträger langsam. Dann rief er seinen Kollegen aus dem Wagen herbei. Karl zischte: „Die ahnen was! Gibt es für Alligatorenmord den elektrischen Stuhl?“

„Passen Sie mal auf“, sagte der fette Polizist. „Wir werden Ihnen jetzt ...“

Karl hauchte ängstlich: „Handschellen anlegen?“

„... beim Aufbau des Verdecks helfen, bevor das verdammte Wasser in Ihrem Straßenkreuzer steht wie in einer Wanne. Machen Sie sich keine Sorgen, das geht ganz fix.“

Karl und ich sahen uns erstaunt an, während die Polizisten ihre Uniformmützen gegen den heftigen Regen tiefer ins Gesicht zogen und beherzt unsere Autodach-Plane aus dem Kofferraum nahmen. In wenigen Minuten hatten sie sie installiert.

„Gute Weiterfahrt, Gentlemen", wünschte der dicke Polizist und kletterte wieder in den Streifenwagen.

„Und steigen Sie auf dieser Strecke möglichst wenig aus", ergänzte sein Kollege. „Hier wimmelt es vor Alligatoren."

„Ach – hick – tatsächlich?" meinte Karl. „Davon hatten wir ja keine Ahnung."

Als wir in Gainesville ankamen, regnete es noch immer. Wir fuhren in ein Drive-In-Restaurant und genehmigten uns mehrere Hamburger im Auto. Schmatzend suchte Karl die Adresse des „Ambush" auf der Karte. Das Lokal lag in einer dunklen, wenig befahrenen Straße am Rande der kleinen Stadt und sah von außen aus wie ein Lagerschuppen.

„Scheußlich", sagte Karl. „Würde ein wirklich reicher Onkel mich in so ein Loch bestellen?" Er sah auf die Uhr: „Halb Zehn. Also dann, laß uns parken und reingehen."

Das „Ambush" war eine rustikal eingerichtete Bar mit Jukebox, Flippermaschinen und Billardtisch. Poster von Elvis und JFK zierten die Wände. Eine Gruppe von Frauen mit kurzen Haaren und schwarzer Lederkleidung saßen an der Theke und lachten. Ein sehr alter Herr in Bermuda-Shorts hockte an einem Tisch und legte Patiencen. Ansonsten war der Laden leer. Der Barkeeper – Glatze, grauer Schnurrbart, Spültuch auf der linken Schulter – fragte uns nach unseren Wünschen. Wir bestellten Kaffee – ich war müde, und Karl hatte von dem kalifornischen Champagner Kopfschmerzen bekommen. Nervös rauchte er eine Zigarette nach der anderen und sah dauernd auf die Uhr.

Um kurz vor zehn betrat ein distinguierter Herr im weißen Leinenanzug die Bar. Er nahm seinen weißen

Panamahut ab und setzte sich an den Tresen. Karl sah mich fragend an.

„Soll das heißen, du weißt nicht, wie dein Onkel Peter aussieht?“ wunderte ich mich.

Karl antwortete: „Woher denn, er hat ja kein Foto geschickt.“

Ein junger Mann im Jeanshemd trat ein und begrüßte den Herrn im weißen Anzug mit einem tiefen Kuß. „Ich werd verrückt“, stutzte Karl. Er betrachtete das knutschende Paar und die Frauen im schwarzen Leder noch einmal genauer. „Das ist eine Homo-Bar!“

Karl starrte den Greis in Bermudas an, der ihm über seiner Patience lasziv zuzwinkerte.

„Sieht ganz danach aus“, sagte ich. „Wie seltsam. Warum bestellt dein Onkel dich in ein schwules Lokal?“

Karl wurde immer nervöser. Um fünf nach zehn rutschte er unruhig auf seinem Hocker herum und stöhnte: „Er kommt nicht. Vielleicht ist er inzwischen gestorben.“

Da betrat ein etwa fünfzigjähriger Mann in einer Wildlederjacke und mit einer Miami-Dolphins-Baseballkappe auf dem Kopf das Lokal, sah sich um, zögerte kurz und kam auf uns zu.

„Karl? Du siehst ganz genau aus wie mein Bruder vor 25 Jahren“, sagte er und schloß ihn in seine Arme. Karl strahlte ihn erfreut und erleichtert an.

„Du bist also Onkel Peter, das schwarze Schaf, das wegen eines mysteriösen Skandals auswandern mußte. Tja, Onkel-Schätzchen, so geheimnisvoll ist das alles gar nicht.“ Karl sah sich triumphierend im „Ambush“ um: „Du bist ganz einfach schwul, stimmt's?“

Onkel Peter lachte laut und gab zu: „Stimmt. Das ist der ganze ‚Skandal‘. Aber in meiner Jugend war das nicht so einfach, wie es heute für dich ist ...“

Karl griff sich ans Dekolleté und unterbrach: „Das heißt, du weißt von meiner unglücklichen Veranlagung?“

„Deine Mutter hat es mir geschrieben. Sie ist die einzige aus unserer Familie, die wenigstens zu Weihnachten eine Postkarte schickt. Ich wollte dich unbedingt kennenlernen. Wenn es stimmt, daß Homosexualität erblich ist, trägst du schließlich meine Gene in dir.“ Er sah mich an: „Und wer ist das? Dein Freund?“

Karl winkte ab: „Mein Freund schon, aber – um Himmels Willen – nicht mein Freund! Baby ist einfach nur mein Freund.“

„Ich verstehe – glaube ich“, sagte Onkel Peter und schüttelte meine Hand. Er begrüßte den Barkeeper und bestellte ein Mineralwasser.

„Schön, daß ihr da seid“, freute er sich. „Wie findet ihr das Lokal? Ich habe es als Treffpunkt ausgesucht, um ohne viele große Worte die Gemeinsamkeiten zwischen uns klarzustellen. Eine peinliche Szene à la ‚Lieber Neffe, nun ist es an der Zeit, dir etwas zu gestehen‘ wollte ich mir unbedingt sparen.“

„Gute Idee“, lobte Karl, als plötzlich der dicke Polizist von der Alligator-Alley das Lokal betrat.

„Mein Gott, der muß die Leiche gefunden haben und uns gefolgt sein“, flüsterte ich Karl entsetzt ins Ohr.

„Hallo, Dave“, rief Onkel Peter dem Uniformierten zu. An uns gewandt fügte er hinzu: „Ein alter Freund von mir. Ein ganz reizender schwuler Polizist.“

Dave schleppte seine Pfunde zu uns herüber.

„Mein Neffe Karl und sein Freund Baby“, stellte Onkel Peter uns vor.

„Wir kennen uns schon“, sagte Dave. „Hab die beiden draußen auf der Landstraße getroffen. Ist das Auto wieder einigermaßen trocken?“

„A-a-alles in bester Ordnung“, stotterte ich.

„Was haltet ihr davon, wenn wir austrinken und ich euch mein Haus zeige?“ fragte Onkel Peter. Karl und ich, die Daves Anwesenheit ziemlich nervös machte, nickten begeistert.

Nach einer viertelstündigen Fahrt – unser grünes Cabrio folgte Onkel Peters Jeep – erreichten wir einen See, an dessen Ufer ein malerisches kleines Anwesen lag: weiß gestrichen, mit Säulen an der Front und einer Terrasse mit Blick auf das Wasser. Es hatte inzwischen aufgehört zu regnen, und der Vollmond hüllte das Haus in sanftes Licht.

„Tara!“ seufzte Karl.

„Im Taschenformat“, sagte ich.

Karls Onkel führte uns stolz durch sein Heim, das mit einer faszinierenden Mischung aus antiken und ultramodernen Möbeln eingerichtet war.

„Alles, was Bruce und ich verdient haben, steckt hier drin“, erzählte Peter. „Ich liebe modernes Design, er stand auf Antiquitäten. Wer hätte gedacht, daß die Mischung so wunderbar harmoniert. Das könnte man übrigens auch über Bruce und mich sagen. Wir waren so verschieden, wie man nur sein konnte. Ich mit meiner Discomusik, meinen Filmen, meinem Sport – er mit seinen Opern, seinen Büchern und seinen Pralinen. Er war zehn Jahre jünger und dreißig Pfund schwerer als ich, er war schwarz – und er war das Beste in meinem Leben.“

Peter setzte sich in einen Rattanstuhl auf der Terrasse. Leise fielen Tropfen von den nassen Blättern der Bäume. Karl bot seinem Onkel eine Zigarette an: „Bruce war dein Freund?“

„Menthol“, sagte Peter, „meine Lieblingssorte. Du scheinst wirklich meine Gene zu haben. Ja, Bruce war mein Freund und viel mehr.“

Er blickte auf den See und blies Rauchringe. Ohne seine Baseballkappe wirkte er älter, müder. Ich fragte: „Hat er dich verlassen?"

Peter schloß für einen Moment die Augen: „Bruce starb vor einem Jahr."

Er stand auf und ging ins Haus. Wir hörten es knacken, als er sich am Plattenspieler zu schaffen machte. Aus dem kleinen Lautsprecher, der außen auf einer Fensterbank stand, ertönte Barbra Streisands *Yentl.*

„Er mag Babs! An der Sache mit den Genen scheint was dran zu sein", sagte Karl.

Peter setzte sich wieder zu uns: „Deine erste Streisand-Platte, wann und wo hast du die gehört, Karl?"

„Als ich noch ganz klein war, zu Hause bei meinen Eltern. Die hatten massenhaft Barbra-LPs, hörten sie aber komischerweise nie an. Weil ich die Nase von der Frau auf dem Cover so lustig fand, legte ich irgendwann mal eine davon auf und – *a fan was born.*"

„Das waren meine Platten. Ich gab sie deiner Mutter, bevor ich auswanderte. Ich nahm nichts mit, nur einen einzigen Koffer und meine Ersparnisse. Wollte ganz neu anfangen, alles vergessen."

„Was genau war denn eigentlich passiert?"

„Stellt euch vor: Nordrhein-Westfalen in den späten 60er Jahren. Ein junger Journalist, der unvernünftigerweise noch bei seinen Eltern wohnt. Eine Liebesbeziehung zu einem neurotischen Buchhändler, die in die Brüche geht. Ein volltrunkener Buchhändler, der nachts vor dem Elternhaus seines Geliebten auf den Knien herumkriecht und lautstark mit Selbstmord droht. Ein Vater, der auf diese Weise von der Veranlagung seines Sohnes erfährt und mit einem Kreislaufkollaps ins Krankenhaus eingeliefert wird. Eine Mutter, die plötzlich behauptet, sie habe keinen Sohn mehr. Ein Chefredakteur, der dem jungen Jounalisten mitteilt, für ‚Solche' sei bei seiner Zeitung kein Platz."

„Fast so dramatisch wie *Die Konsequenz*", stellte Karl fest. „Mit dem Unterschied, daß du selbst heute noch besser aussiehst als Jürgen Prochnow."

„Was ja auch nicht schwierig ist", bemerkte ich.

Peter fuhr fort: „Jedenfalls ging ich in die USA, natürlich nach San Francisco, arbeitete bei den ersten schwulen Zeitungen mit und war dann jahrelang Filmkritiker bei der größten amerikanischen Homo-Gazette. Ende der 80er wurde Bruce krank und wir zogen hierher, wo ich das Kulturressort einer Regionalzeitung übernehmen konnte. Ein netter kleiner Job, der mir Zeit genug ließ, mich um Bruce zu kümmern, wenn es ihm schlecht ging. Zwei Lungenentzündungen, die letzte hat er nicht überlebt. Inzwischen habe ich auch schon eine hinter mir und die ersten Läsionen an den Beinen. Ich bin dauernd müde, habe Verdauungsprobleme und werde immer dünner."

Karl nahm seine Hand: „Und es gibt niemanden, der sich um dich kümmert?"

„Ein paar Freunde. Dave fuhr mich ins Krankenhaus, als es mir einmal ganz plötzlich mies ging – mit Blaulicht, der Angeber. Aber im Gegensatz zu vielen Amerikanern bin ich wenigstens gut privatversichert. Das ist wohl meine deutsche Gründlichkeit."

Peter seufzte und stand auf: „Der Abend hat mich sehr angestrengt, ich möchte zu Bett gehen. Ihr wißt ja, wo das Gästezimmer ist. Gute Nacht."

Karl und ich saßen noch ein paar Minuten schweigend auf der Terrasse, bevor wir auch schlafen gingen. In dieser Nacht legte Karl Godzilla nicht zwischen uns, sondern kuschelte sich fest an mich.

Wir verbrachten zwei Tage mit Onkel Peter, in denen er und Karl immer mehr Gemeinsamkeiten entdeckten.

„Ich fühle mich eher wie dein Sohn, nicht wie dein Neffe", meinte Karl einmal, als wir nachmittags am See saßen. „Bist du sicher, daß du nicht zufällig deine Schwägerin geschwängert hast?"

„Ganz sicher", lachte Peter. „Schnell, schaut! Da ist Carlotta!"

Carlotta war eine große Wasserschildkröte, die in Peters See lebte und manchmal auftauchte, um sich ein paar Salatblätter zu holen, die er ihr ans Ufer hingelegt hatte. Es gab auch einen Kranich, eine streunende Katze und ein Opossum, die Peter unregelmäßig besuchten.

„Er liebt Tiere", warnte ich Karl, während Peter kurz ins Haus ging, um selbstgemachte Limonade zu holen. „Erzähl ihm bloß nicht, was wir dem armen Alligator angetan haben, sonst kannst du die Erbschaft vergessen."

Peter kam zurück, hockte sich vorsichtig neben Carlotta und streichelte sie.

„Fast wie Franz von Assissi", bemerkte ich. „Spricht sie auch mit dir?"

„Mal sehen", sagte Peter, beugte sich zu Carlotta herunter und fragte: „Wie geht's, altes Mädchen?" Er lauschte konzentriert. Carlottas Kiefer mahlten den Salat.

„Sie ist zufrieden", übersetzte Peter, „und freut sich vor allem, daß wieder Alligatoren-Saison ist. Die Viecher gehen ihr auf die Nerven wie uns allen."

„Alligatoren-Saison?" fragte ich interessiert.

„Ja, zur Zeit darf bedingungslos auf sie Jagd gemacht werden. Sie vermehren sich zu schnell. Eine echte Plage. In der Innenstadt von Gainesville hat man sogar ein Alligatorenpärchen in einem Swimmingpool gefunden."

„Muß man sie notwendigerweise mit einem Gewehr jagen?“ wollte ich wissen. Karl rollte die Augen gen Himmel.

„Womit denn sonst?“ fragte Peter.

„Einem ...äh ... Auto?“

„Warum nicht? Etwas unkonventionell und unpraktisch vielleicht“, überlegte Peter, „aber bestimmt nicht ungesetzlich.“

„Hurrah!“ rief ich. „Freispruch!“

Karl brummte: „Vom Mörder zum Großwildjäger.“

„Wovon sprechen wir eigentlich?“ fragte Peter. Ich fiel ihm um den Hals: „Von gar nichts, vergiß es einfach.“

Er zuckte die Schultern und kraulte Carlotta weiter.

Am nächsten Tag hieß es Abschied nehmen. Wir standen mit unseren Koffern vor Peters Haus. Er umarmte zuerst mich und dann – besonders heftig – seinen Neffen.

„Wenn ich sterbe, soll alles dir gehören“, sagte er. „Auch der See. Er ist Teil des Grundstücks. Versprich mir, gut auf Carlotta aufzupassen, wenn ich nicht mehr da bin.“

Karl schniefte: „Du wirst noch lange leben, Onkelchen.“

Peter schüttelte stumm den Kopf. Karl gab ihm sein Godzilla-Stofftier: „Hier, den schenk ich dir. Mich hat Godzilla immer wunderbar getröstet, wenn's mir mies ging.“

Meine Nase begann unkontrolliert zu laufen. Peter nahm Karl noch mal in die Arme: „Ich bin so froh, dich kennengelernt zu haben. Es hat mich soviel Mut gekostet, dir zu schreiben. Aber es hat sich gelohnt. Nicht nur, weil du ein wunderbarer Mensch bist, sondern auch, weil ich jetzt weiß, daß meine Gene weiterleben werden. Streisand, Mentholzigaretten – du weißt schon, mein Sohn." Peter räusperte sich. „Ihr müßt los, sonst verpaßt ihr euren Flug nach New York. Paßt gut auf euch auf! Und besucht mich bald mal wieder."

Im Auto starrte Karl mit tränenden Augen in den Rückspiegel. Sein Onkel, ein dünner Mann mit einer Baseballmütze auf dem Kopf und einem Godzilla aus Plüsch im Arm, wurde immer kleiner. Mit hängenden Schultern drehte er sich um und verschwand im Haus.

Karl schluckte: „Halt an, Baby! Flieg allein zurück. Ich bleibe bei ihm."

„Bei Godzilla? Ich wußte, du kommst ohne ihn nicht aus."

„Bei Peter, du Blödmann. Ich glaube, er braucht mich."

„Mehr als du dir vorstellen kannst." Ich gab ihm einen dicken Kuß. „Geh schon, Karlchen. Ich werde dich unsäglich vermissen, unsere Telefonrechnungen werden astronomisch sein und ich werde dauernd auf Flugtickets nach Florida sparen müssen, um dich zu besuchen. Egal. Du tust das Richtige. Ich bin stolz auf dich."

Karl stieg aus und ging mit seinen Koffern bepackt auf das Haus seines Onkels zu.

„Ruf bald an", rief er mir über die Schulter zu. „Und überfahr noch ein paar Alligatoren auf dem Weg zum Flughafen. Du weißt ja: Jagdsaison! Halali!"

Ich trat aufs Gas und dachte: „Ach, mein Karlchen, wie wirst du mir fehlen."

Am JFK-Flughafen in New York holte mich Lola ab. Sie trug wieder ihren hellblauen Liz-Taylor-Reise-Jogginganzug mit Paisley-Muster und war bester Stimmung.

„Schätzchen, bin ich froh, dich zu sehen. Noch zwei Stunden bis zu unserem Heimflug. Was tun wir in der Zeit? Zollfreien Sherry einkaufen? Reiche Geschäftsmänner in der VIP-Lounge aufreißen? Entschuldige, ich bin etwas überdreht. Mein Flug aus Miami kam auf der anderen Seite der Stadt an, am La Guardia Airport, und ich mußte mit einem Taxi hierher hetzen. Rate, wer mich gefahren hat! Schorsch aus München! Diese Metropole ist so ein Dorf, Baby. Jedenfalls bin ich ganz high, denn eine Fahrt mit Schorsch hat, wie du weißt, den Rauschwert einer Magnumflasche Sekt. Oh, weißt du, wen er kürzlich chauffiert hat? Lauren Hutton! Ein Dorf, Baby, ein Dorf! Hat Karl noch das vollgerotzte Autogramm?" Lola unterbrach ihren Redefluß und sah sich um. „Huch! Moment mal. Wo sind Karl und Godzilla eigentlich?"

Ich legte ihr den Arm um die Schulter: „Das ist eine lange Geschichte. Die Zeit bis zum Abflug reicht gerade, um sie dir zu erzählen."

Zwei Stunden später schwang sich unser Flugzeug in die Luft. Lola hing am Fenster, winkte und rief: „Good-bye, Freiheitsstatue, good-bye, Empire State, good-bye, Schorsch!" Als New York unter den Wolken verschwand, sank sie erschöpft in ihren Sitz zurück.

„Du bist so gut drauf", stellte ich fest. „Gar nicht traurig über die Trennung von Juan?"

Lola sah mich bestürzt an: „Natürlich nicht. Das war doch eine Urlaubsliebe. So was ist *per definitionem* zeitlich begrenzt. Das weiß man von Anfang an, und deshalb ist es auch so prickelnd. Man kann sich seinen Gefühlen völlig hingeben, ohne daß Gedanken an eine düstere Zukunft mit Ehe, Kindern, Sitzgarnitur und Durchreiche den Spaß verderben. Ah, welch bittersüße Romanze, die durch ihr unvermeidliches Ende geprägt wird! Und hinterher keine Belastungen, kein langsames Abflauen der Leidenschaft – es bleiben nur wundervolle Erinnerungen."

„Herzloses Weib", sagte ich.

Lächelnd kuschelte sie sich in ihren Sitz und schlummerte ein, während ich mir trübe Gedanken über mein Leben machte. Zuerst hatte ich Rick verloren, und jetzt auch noch Karl. Was sollte nur aus mir werden ohne die beiden? Nicht einmal Godzilla war hier, um mich zu trösten.

„Lola, versprich mir, daß du mich nie verläßt", wimmerte ich.

Sie öffnete ein Auge und sagte: „Niemals."

Ein blendend aussehender Flugbegleiter servierte uns Drinks und Erdnüsse. Lola machte auch das andere Auge auf und sagte: „Es sei denn, der Steward bittet mich, mit ihm durchzubrennen." Ich seufzte und bewarf sie mit Erdnüssen.

Nach unserer Ankunft schleppte ich frustriert unsere Koffer durch den deutschen Zoll. Lola schlurfte gähnend hinter mir her und murmelte: „Ich hasse die Zeitverschiebung."

Der Zollbeamte prüfte ihren Ausweis und meinte: „Das Bild in ihrem Paß sieht Ihnen nicht ähnlich."

„Glaub mir, Schätzchen, bevor ich in diese Höllenmaschine stieg und bei schlechter Luft und verstopfungsfördernden Mahlzeiten sieben Stunden lang auf 30 Quadratzentimetern zusammengequetscht aushalten mußte – davor sah ich genau so aus wie auf meinem Paßfoto", stöhnte Lola.

In der Ankunftshalle setzte sie sich schwer atmend auf ihren Koffer: „Besorg mir einen Träger, Baby."

„Die gibt es seit einigen Jahrzehnten nicht mehr", bedauerte ich, sah mich aber nach einem Gepäckwagen für sie um. Dabei fiel mein Blick auf einen jungen Mann mit einem Strauß Rosen im Arm, der mich vorsichtig anlächelte und dann langsam auf mich zukam.

„Lola!“ sagte ich aufgeregt und rüttelte an ihrer Schulter. „Lola, um Gottes Willen! Das ist Rick! Was soll ich bloß machen?“

Doch da stand Rick schon vor mir und reichte mir die Blumen: „Mach einfach gar nichts, Baby, hör nur zu: Ich habe viel über uns nachgedacht, und ich glaube, wir sollten es noch mal miteinander versuchen.“

Ich fragte: „Du verzeihst mir also?“

Lola gähnte und murmelte: „Na klar, du Idiot, sonst wär er ja nicht hier.“

Rick und ich fielen uns in die Arme. Lola fiel von ihrem Koffer. Sie rollte sich auf dem Fußboden gemütlich zusammen und bat: „Wenn ihr mit eurem Happy-End fertig seid, bringt mich bitte nach Hause. Wenn’s geht, ohne mich zu wecken. Gute Nacht, Jungs.“

Baby Neumann ist magnus-Kolumnist, Filmfan und ein unermüdlicher Erforscher des schwulen Lebens.

Baby ist zwar kein Literat, aber er schreibt trotzdem, denn – wie er sagt – „Das schwule Leben ist so seltsam, daß ich es zu Papier bringen muß, um überhaupt daran glauben zu können."

Sein erstes Buch *Das erste Mal – Schöne neue schwule Welt* erschien 1993.

...wenn ein neues Super-Virus die Medien infiziert ...
...wenn ein schwuler Aidskranker im Knast sterben muß ...
...wenn Marihuana zum Heilmittel wird ...
...dann lesen Sie darüber in aktuell – das Magazin der Deutschen Aids-Hilfe.
Nachrichten, Meinungen, Hintergründe aus der Szene, aus Politik, Wissenschaft und Kultur – informativ und unbequem.
Kostenloses Probeheft anfordern:
Deutsche Aids-Hilfe
– Redaktion aktuell –
Dieffenbachstraße 33
10967 Berlin